CHRISTOPHER DIEHL

*NOVELLE2*

DER WEITE WEG NACH WIEN

Eine Künstlernovelle

*C und P Christopher Diehl 2016*

*Alle Rechte vorbehalten*

*Schönheitsfehler vorbehalten.-)*

*„Ich bin verloren in deiner Mitte*
*Machst mich zum Kämpfer ohne Visier*
*Alles gedreht, die Sinne wie benebelt*
*Ich bin so heillos betrunken von dir…*
*Und Ja ich atme dich*
*Ja ich brenn' für dich*
*Und Ja ich leb' für dich...*
*jeden Tag*
*Und Ja ich liebe dich*
*Und Ja ich schwör' auf dich*
*und jede meiner Fasern sagt Ja"*
*(Silbermond-JA)*

Für die Magie des Augenblickes
und für meine Muse!

Zur Info:

Betreff:

WIEN

| | |
|---|---|
| Einwohner: | 1.840.573 (1. Jänner 2016)[2] |
| – Ballungsraum: | 2.680.667 (2014)[3] |
| Rang: | 1. von 9 |
| Bevölkerungsdichte: | 4437 Einw. pro km² |
| Arbeitslosenquote: | 13,2 % (April 2015)[4] |
| Ausländeranteil: | 25,6 % (1. Jänner 2015)[5] |
| Migrationshintergrund: | 40,7 % (Ø 2014)[6] |

Wien liegt am Ostrand der Alpen, am Übergang zum Alpenvorland im Osten, das zur Pannonischen Tiefebene leitet.

Der Stadtkern erstreckt sich schon in der Ebene an der Donau, die westlichen Stadtteile im Wienerwald, der östlichsten Gebirgsgruppe der Nordalpen.

Vom Wiener Stadtgebiet ist nur ein relativ kleiner Anteil verbaut. Etwa die Hälfte Wiens ist Grünland, größere Teile werden auch landwirtschaftlich genutzt.

Wien erstreckt sich von einer Seehöhe von 151 m über der Adria in der Lobau bis zu 542 m auf dem Hermannskogel. Hier, im Nordwesten, sowie im Westen und Südwesten Wiens reicht der Wienerwald mit seinen Höhen (Leopoldsberg, Kahlenberg) und Wäldern bis ins Stadtgebiet hinein. Die Donau tritt durch die Wiener Pforte, eine Enge zwischen dem rechtsufrigen Leopoldsberg und dem linksufrigen Bisamberg, nach Wien ein. Aus dem Wienerwald fließen außerdem zahlreiche kleine Flüsse in die Stadt, der bekannteste davon ist der Wienfluss.

Die Berge im Westen werden im Süden von eiszeitlichen Terrassen (Wienerberg und Laaer Berg) fortgesetzt. Dieses gesamte Gebiet wird zum Weinbau genutzt, es bildet die Weinbauregion Wien. Der Osten der Stadt ist geprägt vom Wiener Anteil am flachen Marchfeld, der der Landwirtschaft dient, aber zunehmend verbaut wird. Im Südosten findet sich die Lobau als Wiener Anteil am Nationalpark Donauauen.

Angesichts der (wie bei vielen europäischen Städten) vorwiegenden Westwetterlage befinden sich die gehobenen Wohngegenden eher am westlichen Stadtrand,

wo unter anderem die Luft noch sauberer ist, während die alten Industriegebiete eher am südöstlichen Rand der Stadt situiert sind. Wien gilt als Theaterstadt, mit deren vielfältigem Angebot im deutschen Sprachraum vor allem Berlin konkurriert. Im 19. Jahrhundert waren Grillparzer, Raimund und Nestroy die bekanntesten Wiener Theaterautoren, im 20. Jahrhundert waren es Arthur Schnitzler und Thomas Bernhard. In der Literatur sind im 20. Jahrhundert Autoren wie Karl Kraus, Robert Musil, Heimito von Doderer, H. C. Artmann und seine Wiener Gruppe hervorgetreten.

Historisch ist im Wiener Kulturleben auch die Wiener Schule des Phantastischen Realismus in der Malerei zu erwähnen.

Die aktuelle Kulturszene, seit 2001 mit dem MuseumsQuartier als neuem Schwerpunkt, ist mit Konzerthallen, Galerien, Ausstellungshäusern, Bühnen, Festivals und vielem anderen sehr abwechslungsreich und wird mit öffentlichen Geldern stark gefördert. Traditioneller ist die Gastronomiekultur ausgerichtet: mit dem Wiener

Kaffeehaus, der Wiener Küche und dem Wiener Weinbau.

Wien ist Zentrum der österreichischen Varietät der deutschen Sprache. Die gesprochene Stadtmundart ist ein ostmittelbairischer Dialekt mit teilweise sehr eigenem Wortschatz und zahlreichen Lehnwörtern aus den Sprachen der Habsburgermonarchie, vor allem dem Tschechischen. Ein beträchtlicher Teil der heutigen Einwohner der Stadt hat eine andere Muttersprache als Deutsch; inwieweit dennoch der Wiener Dialekt beherrscht wird, ist sehr unterschiedlich

Kunst und Kultur können in Wien im Bereich von Theater, Oper oder auch Bildender Kunst auf eine sehr lange Tradition zurückblicken. Neben dem Burgtheater, das zusammen mit seiner Zweitbühne, dem Akademietheater, als eines der wichtigsten Schauspielhäuser der Welt gilt, sind auch das Volkstheater sowie das [Theater in der Josefstadt](#) namhafte Sprechtheater. Daneben gibt es noch eine Vielzahl kleinerer Bühnen, die den großen in puncto Qualität zuweilen um nichts nachstehen und sich oft moderneren, experimentellen Stücken oder dem [Kabarett](#) und der Kleinkunst verschrieben haben. Seit 2000 wird in Wien der [Nestroy-Theaterpreis](#), der wichtigste im deutschsprachigen Raum, verliehen. (Quelle Wikipedia)

Info2

Betreff:

Kunst

Das Wort **Kunst** bezeichnet im weitesten Sinne jede entwickelte Tätigkeit, die auf [Wissen](#), [Übung](#), [Wahrnehmung](#), [Vorstellung](#) und [Intuition](#) gegründet ist (Heilkunst, Kunst der freien Rede). Im engeren Sinne werden damit Ergebnisse gezielter menschlicher Tätigkeit benannt, die nicht eindeutig durch Funktionen festgelegt sind. Kunst ist ein menschliches Kulturprodukt, das Ergebnis eines kreativen Prozesses.[1]

Das Kunstwerk steht meist am Ende dieses Prozesses, kann aber seit der Moderne auch der Prozess selbst sein. Ausübende der Kunst im engeren Sinne werden Künstler genannt.

Künstler und Kunst genießen in Deutschland und vielen anderen Ländern Kunstfreiheit; diese ist in Deutschland ein durch Art. 5 Abs. 3 Grundgesetz[2] geschütztes Grundrecht.

Die ursprüngliche Bedeutung des Begriffs *Kunst*, die sich als Gegensatz zu *Natur* auf alle Produkte menschlicher Tätigkeit beziehen konnte, hat sich zwar erhalten (wie z. B. in Kunststoff). Jedoch versteht man seit der Aufklärung unter Kunst vor allem die Ausdrucksformen der **Schönen Künste**:[3]

- *Literatur* mit den Hauptgattungen *Epik*, *Dramatik*, *Lyrik* und *Essayistik*
- *Darstellende Kunst* mit den Hauptsparten *Theater*, *Tanz* und *Film*

Ausdrucksformen und Techniken der Kunst[4] haben sich seit Beginn der Moderne stark erweitert, so mit der Fotografie in der bildenden Kunst oder mit der Etablierung des Comics bzw. Manga als Verbindung bildender Kunst mit der Narrativität der Literatur. Bei den Darstellenden Künsten, Musik und Literatur lassen sich heute auch Ausdrucksformen der Neuen Medien wie Hörfunk, Fernsehen und Internet hinzuzählen. Die klassische Einteilung verliert spätestens seit den letzten Jahrzehnten des 20. Jahrhunderts an Bedeutung. Kunstgattungen wie die Installation oder der Bereich der Medienkunst kennen die klassische Grundeinteilung nicht mehr.

(Quelle: Wikipedia)

***Sommer 2016***

Da sind sie ja wieder!

Wie ging es nun weiter?
Weiter nach Marburg?
Weiter nach dem Magister?
Weiter nach zehn Jahren bezahlter
Urlaub?

Wir erinnern uns:
Oktober 2005.
Ich exmatrikulierte mich endgültig, packte meine Sachen und verschwand. Atze half mir noch das Auto zu beladen und Peter war etwas sauer weil ich ihn nicht informiert habe.
Zu Recht, wenigstens meinen besten Freunden hätte ich davon erzählen sollen.
Mea Culpa.

Ich war also in Hamburg, aber das ist schnell erzählt. Ich wohnte drei Monate auf St. Pauli, genoss die Atmosphäre und versuchte meine Revue an ein Theater in der Metropole des Nordens zu bringen: Angebote gab es, jedoch zu Konditionen die es mir unmöglich machten diese anzunehmen.

Gegen Ende des Jahres saß ich mit Atze und anderen auf der Dachterrasse von Lomo4 und betrachtete, bei bester Aussicht, das Feuerwerk welches Marburg, wie jedes Jahr, für 30 Minuten, im Rauch versinken ließ.
Zehn Jahre, gefühlter, bezahlter Urlaub waren zu Ende.

Wie war das noch mal bei Bosse?
*-Die schönste Zeit-*

*„…..und ich kaufte mir Neil Young und ein Nirwana Shirt…..du warst ein Polaroid im Regen, leicht verschwommen….*

*...und Berlin war wie New York, ein so weit entfernter Ort...... und deine Tränen waren Kajal....das war die schönste Zeit, die schönste Zeit,...
weil alles dort begann."*

## 2006

Im folgenden Jahr fuhr ich Kreuz und Quer durch die Republik, auf der Suche nach einer kreativen Tätigkeit.
Ich kam viel herum:

Berlin, Dresden, Köln, Hamburg, Hildesheim, und München um nur einige Städte zu nennen. In München bekam ich einen Anruf, an einem eisigen Tag im März. Am anderen Ende war der künstlerische Betriebsdirektor eines großen Staatstheaters.

Ich hätte mich beworben und die Theaterleitung wolle mit mir sprechen. Ich fuhr natürlich hin. Staatstheater, das ist ganz große Liga, 1. Bundesliga sozusagen. Ich bekam eine Stelle im szenischen Dienst mit Abendspielleitung. Vertragszeit 2 Jahre, mit Verlängerungsoption, an dem großen Theater in der großen Stadt.

Ironischer weise war es nicht irgendein Staatstheater, sondern ein mir sehr bekanntes Haus, in einer mir sehr bekannten Landeshauptstadt.

Nun war ich wieder da. Sozusagen im meinem Revier. Im Theater, der Bühne. Es sollte einiges dort passieren, und dies war nur der Anfang eines weiten Weges. Doch wie immer ahnte ich nichts, als das Schicksal mich auf die nächste Reise schickte. Ich blieb dort zwei Spielzeiten lernte viel und schnell. Doch szenischer Dienst ist Routine. Ich wollte Anspruch und so kam es das man mir eine Ausbildung an einem Seminar anbot. Im Bereich Pädagogik, Theaterpädagogik.

Zwei Jahre waren vergangen und ich verlies das Staatstheater in Richtung Kassel.

## *Lyrisches Intermezzo:*

*„Halte durch Du bist ganz nah-*

*Und nichts hält dich auf Nichts bringt dich zum Stehen,*
*Denn du bist hierum bis ans Ende zu gehen*
*Kein Weg ist zu lang,*
*Kein Weg ist zu weit,*
*Denn du glaubst an jeden Schritt,*
*weil du weißt*
*irgendwann schließt sich der Kreis*

*Halte durch*
*bleib jetzt nicht stehen*
*das Ziel ist dort im Nebel schon zu sehen*
*Kannst du es sehen?*
*Kannst du es sehen?*

*Das Ende ist kaum noch zu verfehlen*
*Gib nicht auf*
*du bist gleich da*
*am Ort, wo vor dir keiner war"*

*(Silbermond: Das Ende vom Kreis, 2006)*

# Waldorf

Im August 2008 kam ich in Kassel an und bezog, an der Wilhelmshöhe, auf dem Seminargelände von Waldorf, mein neues Quartier. Eine WG ‚im Dachgeschoss des Vordergebäudes. Einfach aber gut. Es konnte losgehen. Meine neuen Kollegen waren allesamt, ältere arbeitslose Akademiker. Der Seminarleiter, ein Mann mittleren Alters mit stahlblauen Blick, brachte uns schon am ersten Morgen die Philosophie des Paten, auch Rudolf Steiner genannt, kurz Steiner, dem Gründer des Geistes der Bewegung nahe. Seine Augen glänzten…und fingen dann Feuer…der Mann stand 1000% hinter dem was er verkündete. Ich dachte nur: „Interessant". Das klingt eher nach Konfrontation…mal sehen was da noch so kommt. Ab Morgens um acht, erste Doppelstunde, gab es als erstes Steiner…als Philosophie…als Methodik und in anderen Varianten.

Man wurde halt auf den Geist eingeschworen…den der feurige Seminarleiter immer wieder predigte…mit roten glänzenden Augen. Theosophie nennt man das bei Steiner. Tolles Wortgebilde!
Also Ideologie kommt da wohl eher hin aber so etwas hörte man natürlich nicht so gerne. Steiner sagt…so fing es immer wieder an und Steiner hat wohl eine Menge geredet wenn der Tag lang war. Für Steiner war Goethes Faust 1 und 2 eine Art Offenbarung…seine Bibel und somit die Offenbarung von Waldorf und des Studienseminars. Interessant dachte ich mir…das riecht nach Konfrontation…
Es gibt in der Wissenschaft einen Begriff für Übertreibung…**"*Überinterpretiert*"**…in diesem Fall ein klarer Fall, so was von klar…und ich äußerte leise Kritik an der herangehendweise an das Dramatische Meisterwerk. Der Seminarleiter wurde rot, dann stumm und wechselte dann

schnell das Thema…seine Meinung über mich war wohl in diesem Augenblick fest gemauert, und unwiderruflich.

Doch dazu später.

Den Faust1, in einer Kurzversion von einer Stunde, mussten wir einstudieren und unter der Leitung einer erfahrenen Theaterpädagogin zu Aufführung bringen. Auch sie haute immer wieder den Satz „Steiner sagt…" heraus.
Sie war außerdem immer am Beobachten was die einzelnen Seminaristen so zu sagen hatten und wie sie sich verhielten. Ich beobachtete eher die Pädagogin.

Und die Pädagogin eher mich.
Ich hasse Ideologie jeglicher Art…ob von rechts oder von links, oben oder unten, West oder Ost oder von woher auch immer. Wer mir seinen Willen aufzuzwingen will löst in mir sofort Wiederstand aus und mein freier Geist

beginnt zu rebellieren…und ich hoffe und glaube, ja ich weiß es sogar…das ich da nicht alleine bin!

**„Mein freier Geist brauchte etwas Erholung"**

Mitte September, hatte ich das Bedürfnis nach einem Kneipenabend in Marburg, ich weiß nicht warum und wieso?

Na ja doch, im nach hinein weiß ich es natürlich!

"Mein freier Geist brauchte etwas Erholung…" Und plötzlich war dieses Gefühl da, das Gefühl ein gutes Gefühl zu haben. Ich fuhr mit dem Auto hin und verabredete mich mit Harald. Er rief mich an. Wo solle er mich denn abholen? Ich sagte ich stehe mit meinem Auto an meinem alten Turm hinter der Phil. Fak.

Er lachte und meinte, dass ich mich wohl nie ändern werde.

Na hoffentlich nicht!
Er kam an den Turm A.

Wir fuhren in die Oberstadt zum Essen.
Gegen 23Uhr kam Peter, samt seiner
netten Freundin Eva, und wir gingen
Bier trinken, ins Havanna 8, jener
Kneipe in der wir so oft gesessen hatten.

Dann gingen wir über die Oberstadt und
landeten auf einer Haus WG Party, die
immer noch den gleichen Charme besaß
wie in den 90ern.

Ich sah viele bekannte Gesichter.

Schließlich gingen wir, zur vorgerückten
Stunde, noch in eine unserer
Lieblingskneipen, ins Bolschoi. Dort
erzählten wir uns die schönen
Anekdoten. Von Demos,
der Mainzer Gasse,
blutigen Knien und blutigen Nasen.

Aber auch vom Theater und der Uni.

*Wir saßen da wie immer. Peter, Harald und der Christian. Ich wusste eins an diesem Abend:*
*Wir sind Freunde fürs Leben!*

Als wir nun über den Pilgrimstein nach Hause schlenderten war es eigentlich wie immer, als wenn wir von einer Fete in den 90gern kommen würden.

Es war ein gutes Gefühl mit diesen Leuten durch die dunkle Stadt zu gehen, die so viele Namen hat:
„Paradise City", „Rebell Town", „Tortuga"...oder ganz einfach:
„Marburg an der Lahn".

Ich wusste dass ich eine Sache hatte, die mehr war, als nur ein Wort, eine Sache die man mit allem Gut und allem Geld dieser Welt nicht kaufen kann, und diese Sache heißt Freundschaft.

*"Late at night I switch on my radio*
*I sing myself a lullaby*
*I close my eyes and wait*

*till the wind blows round the corner
bringing back the memories to me, uhh yeah
well we dreamed our lives, and we lived our dreams
we've sacrificed our future for a heart of rock'n roll"*

*"Spät in der Nacht schalte ich mein Radio an
Ich singe mir ein Schlaflied
Ich schließe meine Augen und warte...
Der Wind weht um die Ecke und
Bringt die Erinnerung zu mir zurück*

*Wir träumten unsere Leben und lebten Unsere Träume
Wir opferten unsere Zukunft für ein Herz Voll Rock 'n Roll-Ich werde diese Tage nicht vergessen
Und ich dachte nie, dass ich das täte
Werde diese Tage nicht vergessen"*

*-Fury in the Slaughterhouse -
"Won't Forget These Days"*

Am Sonntag kam ich ins Grübeln.
Klar kann man alte Tage nicht
vergessen, aber die Zeit läuft weiter im
hier und jetzt. Ich dachte nach…Hatte
ich überhaupt eine Perspektive als
Lehrer an der Waldorfschule? Eine feste
Stelle gab es wohl nicht, keine Garantie,
eher eine Ausbildung für die Schublade,
so sah es nun aus. Am Abend führ ich
zurück nach Kassel.

Doch nach diesem Wochenende hatte ich
so meine Zweifel…Soll es das wirklich
sein?

*Steiner statt Rock 'n Roll!?*

Im Seminar liefen die Vorbereitungen
für die erste Praxiseinheit im Oktober.
Es wurde Herbst und ich sollte für zwei
Wochen nach München.

Zuvor gab es eine Seminarwoche, an der
Pädagogischen Hochschule der
Waldorfzunft. Abgelegen in mitten von
Feldern, auf einem Berg hoch über dem

Rheintal bei Bonn lag sie…Eine Idylle aus Holz und Tanz. Schon als ich mit dem Auto dort ankam (da war ich in weiser Voraussicht wenigstens mobil) erblickte ich, frische, fröhliche, strahlende Menschen, welche in der Oktobersonne ihre Namen tanzten. Irgendwie erinnerte mich die Szene an etwas …an Bilder die ich während des Studiums in Sichtterminen sehr häufig zu sehen bekam …in „Geschichte des deutschen Films" z. B.

*Verdammt…!*
*Ich war in einem Riefenstahlfilm gelandet…! Lenis Bilder…,live und in Farbe!*

Ich suchte nun, mit den Kollegen, unsere Unterkunft. Im Seminar hieß es, das wir, wenn wir kein Hotel zahlen wollten und so richtig drin im Geschehen sein wollten, das „Matratzenlager" nutzen können. Wir dachten, dass das

Abenteuer pur ist und entschieden uns
für die Gruppenvariante.
Matratzen gab es dort aber keine, nur
blanker Boden mit Isomatten…und der
Raum war wirklich mitten drin!

*Es war unser Seminarraum.*

Dort hausten wir zu acht! Volle 7 Tage
und Nächte. Enthaltsamkeit war hier die
Devise…auch beim Essen…alles rein
Vegetarisch. Man sollte eben
buchstäblich weichgekocht werden. Im
Unterricht, im täglichen Leben; beim
Schlafen, beim Essen um so richtig auf
Linie gebracht zu werden…
Das hat halt Methode, Hand und Fuß,
hier wird nichts dem Zufall überlassen.
Respekt!
Ihr pädagogischen Vollprofis!

Na ja, ich hatte ja mein Automobil dabei
und so konnte ich des Öfteren in das Tal
fahren um dort beim örtlichen Griechen,
gegrilltes Fleisch,

von tierischen Vegetariern ersten Grades, zu genießen. Sie merken…der Widerstand hatte längst begonnen.

*„Nennt es Anthroposophie…Ich nenne es: Auch nur eine machtsuchende Ideologie…und da bin ich nicht der einzige."*

Das Seminar endete und Ich fuhr zurück nach Kassel und sollte am Montag in München sein, um dort das alles hautnah in der Praxis zu erleben.

Ich zog es vor mit München zu telefonieren, um zu verkünden dass ich krank sei und schauen muss wann ich fit genug bin um mein Praktikum an der örtlichen Waldorfschule zu absolvieren.

Stimmte ja irgendwie auch…ich fühlte mich unwohl und der Steiner Virus hatte mich nicht infiziert…also war ich ja im eigentlichen Sinne krank. Klingt logisch.
Ich brauchte Zeit.

Nach 3 Tagen packte ich meine Tasche und machte mich mit dem Auto auf den Weg. Doch wohin? Na ja eigentlich nach München…Doch dann passierte es…

Ich stand an der Ampel und hatte die Wahl: Geradeaus nach Süden, oder links nach Osten…Nach München…oder nach…Berlin! Die Situation hatte etwas Symbolisches wie in der biblischen Geschichte vom Scheideweg.

Ich schaute auf die Schilder.
Die Ampel wurde grün.

Ich setzte spontan den Blinker und bog links ab in Richtung…Osten…und fuhr nach Berlin…Freiheit ich komme…!
Dort blieb ich 3 Tage, um mich zu orientieren.

In München rief ich an, das ich doch etwas Ernsteres hätte und leider absagen muss und in Kassel bleibe.
Das Praktikum müsste ich dann nachholen.

Im regnerischen Kassel verbrachte ich dann den Rest der Zeit die die anderen im Waldorfpraktikum abschwitzten.

In der Seminarbibliothek verbrachte ich auch viel Zeit…und dort hörte ich eines Tages Stimmen…durch die Wand. Im Nebenraum tagte wohl die Seminarleitung, um über die abwesenden Seminaristen eine Beurteilung zu fällen und in wie weit sie Steinerkonform sind.

Viele wurden als tauglich befunden.
Dann fiel mein Name…

Der feurige Seminarleiter meinte zu meiner
Person:"…"Schwierig…sehr…implizit"
Die anderen fragten genauer nach.

Und er meinte:

***„Na ja…ein Freigeist der übelsten Sorte…das wird ein hartes Stück Arbeit…"***

Von wegen…ihr habt ja eh keine Perspektive für mich…mehr habt ihr nicht drauf? Dachte ich so bei mir. Na wenigstens das hätte ich erwartet wenn ich mich auf Steiner einlasse.

***"Steiner sagt"…"Ich aber sage: "Steiner lügt!"***

Und so kam es das ich dem Seminar, Mitte November, mangels Perspektive in jeglicher Art und Weise, den Laufpass gab.

*Ich fuhr zurück in die große Landeshauptstadt.*

## Intermezzo

Dort angekommen dachte ich lange nach und begab mich in die Bibliothek und hatte das Bedürfnis, all das was ich in Marburg erlebt hatte zu verarbeiten und fing an zu schreiben.

Ich begann mit dem ersten Jahr 1996 und schrieb und schrieb und schrieb. Monat für Monat, Jahreszeit für Jahreszeit, Ereignis für Ereignis, Erlebnis um Erlebnis, all die ganzen Jahre-lies ich Revue passieren. Ganze 2 Wochen bis es Dezember wurde. Dann bin ich fertig geworden mit dem Jahr 2005. Es wurde eine Erzählung über meine schönste Zeit so lieblich und bittersüß.

Es wurden zehn Jahre die ich da zu erzählen hatte und so nannte ich die Erzählung:

*„Zehn Jahre bezahlter Urlaub"*

Was natürlich rein ironisch, satirisch zu deuten ist…!

Als die Erzählung fertig war kam mir die Idee sie in Marburg, im Rahmen einer Lesung, vorzustellen. Und vor Weinachten kam mir die nächste Idee…warum nicht wieder in Marburg wohnen? Schließlich waren doch dort immer noch meine Freunde…Also tat ich es, ich schaute Online in den Express nach Zimmern und schrieb den einen oder anderen an.

In der Biegenstraße war eine ganze Altbau Etage zu vermieten brandneu renoviert und als WG…und das ab 1. Januar. Ich machte nach Weihnachten einen Besichtigungstermin aus und fuhr am 27. Dezember hin. Den Weg kannte ich ja nur zu gut.

Vor dem Haus wartete ich nun auf den Vermieter, der mir auf der winterlichen Biegenstraße entgegen kam.

Wir begrüßen uns und er meinte sofort:
„Kennen wir uns nicht?"

Klar kannte ich ihn,
aus dem Kunstgeschichtlichen
Seminar…Breithand…so sein Name,
war inzwischen Galerist geworden und
war zuvor bei der Marine Pilot, dann
ging er mit Mitte 40 in Rente und holte
sich das Rüstzeug in Seminaren an der
Uni. Nun hatte er eine Galerie,
(nennen wir ihn also den „gütigen
Galeristen") Er wollte nun einen der
Räume, der Riesenwohnung, als Lager
benutzen und die anderen vermieten.

Ich nahm den Größten Raum, samt
Wintergarten, mit Schlossblick. Das
alles zum 1. Januar…ich war also schon
wieder da…

Also es sollte ja nur 6 Monate
dauern…der letzte Akt sozusagen. Ich
wollte mein Buch präsentieren und so
einen gekonnten Schlussstrich unter
diesen Abschnitt ziehen.

Am 31.12 feierten wir, wie schon so oft, bei Harald Sylvester, der Peter die Eva ich und andere.

Wir feierten und begrüßten das letzte Jahr des Nuller Jahrzehntes.

2008 war zu Ende…2009 kam.

Der Kreis sollte sich schließen, so meine perfekte Dramaturgie.

Ich hatte das Jahrzehnt hier begonnen…und hier sollte es für mich enden.

## 2009 oder das Ende der Dekade

Ich zog also zum 1. Januar 2009 ein. Ich hatte mir ein Bett im Katalog bestellt und hatte einige Sachen mitgebracht. Mehr brauchte ich erst mal nicht. Zumal ich noch Mitbewohner bekam die genug Zeug anschleppten. Drei Damen der mittleren Semester zogen ein, wer auch sonst? Marburg ist ja eine Universitätsstadt, immer noch.
*Da war doch mal was...?*
*Denken sie jetzt...Mainzer Gasse...*
*Drei Grazien...Häuserkampf? Deja Vu?!*
*Nein...Die drei Damen waren weder Medizinerinnen, noch besonders Streitsüchtig...dennoch stressfrei läuft eine WG nie, aber auch nie ab.*
*Doch dazu später.*

Peter und Ich, unter Mitwirkung von Eva, lektorierten meine Marburg Erzählung und wir fanden einen Verlag. Das ganze dauerte so drei Monate und als der Frühling nach Marburg kam,

war die Erzählung Druckreif. Im April
nun war sie lieferbar und ich konnte
mich auf die Suche nach einen Ort für
die Debutlesung machen.

Es sollte schon etwas Besonderes sein,
nicht im Hinterzimmer einer verstaubten
Buchhandlung oder so. Sondern ein Ort
wo echte Literatur gelebt wird.

Ich erfuhr das eine Gesellschaft, ein
Verein, spektakuläre Lesungen, in einem
bekannten Café`, in der Oberstadt
veranstaltete.

Jeden Sonntag um 11 Uhr als Matinee.
Ich hatte davon schon öfter gehört,
da war ich nie. Sonntagmorgens, um
11Uhr…Das war eigentlich nicht unsere
Zeit… Da sind wir höchstens einmal in
der 90er Jahren vorbeigelaufen, als wir
von einer Party im Südviertel
kamen…oder so…

Ich überzeugte den Vorsitzenden mit meiner Erzählung und für eine Lesung in den heiligen Hallen. Ich besorgte mir eine Musikerin, um den Rahmen aufzupolieren und es wurde PR gemacht, auch mit Artikeln in Express und der OP.

Dann im Juni war es soweit, ich saß im Sessel auf dem Podium. Dort wo sie alle schon gesessen hatten…Die Preisträger der Literatur… H. Böll und G. Grass und, und, und…und nun…Ich…
Um 11Uhr morgens, an einem Sonntag im Juni, im berühmten Café in der Marburger Oberstadt.
Vor ausverkauften Haus!
Etwa 100 Leute waren gekommen um sich meine Geschichten anzuhören.
Krass oder? Nein! Der Christian.

Im Publikum auch einige alte Weggefährten aus der Fachschaft, die meisten von ihnen nun im Lehramt, was sonst?

Da hat man am Sonntag Zeit für einen Ausflug um sich köstlich zu amüsierten und sich natürlich in den Anekdoten wieder zu finden. Sie wurden vom Vorsitzenden gefragt ob sich das alles wirklich so zugetragen hat. Einer musste laut Lachen und gab zur Antwort:
„Na ja das ist nur die Hälfte von alle dem…was da so los war…!
Nun gut ist ja auch so…
Mit 90er Jahre Gitarren Musik gerahmt hörte alle gebannt zu was so in 10 Jahren bezahlten Urlaub passiert war…!

Na ja nicht alle muss ich zugeben…
Die Günther Grass Fraktion hatte wohl einen Nobelpreisträgeranwärter erwartet und zog, etwas enttäuscht von meiner Performance, am Ende der Veranstaltung, ohne weitere Worte hinaus in die Sonntägliche Sonne dieses Junitages. Die anderen ließen sich mein Buch signieren und sprachen noch eine Weile mit mir über dies und das.
Was für ein Event..!

*-Der Vorsitzende war auch gespalten
denn es stellte sich heraus, dass er ein
harter Widersacher einer meiner
Akademischen Mentoren ist…
und meinte das meine Lesung eher eine
satirische Karikatur auf eine seriöse
Lesung sei und das mein Mentor
dahinter steckt und wenn er das gewusst
hätte das dieser Mensch mein Mentor ist
,das so etwas nie…und so weiter und so
weiter…
Das lasse ich mal so stehen…*
***Aber satirisch war es irgendwie
schon….!***

In der WG in der Biegenstraße gab es
natürlich Stress in diesem Sommer 2009.
Nicht so wie 1997/98
in der Mainzer Gasse.
Nein…aber es gab Stress.
Unter der WG wohnte eine
überempfindliche Frau die jedes
Geräusch als Bedrohung empfand und
alle und jeden nervte.

In der WG gab es auch eine Frau die nervte…sie wollte dauernd einen Putzplan und fragte ständig wer denn das nächste Toilettenpapier besorgt. Selbst getan hat sie wenig.
Na ja, wenn man den ganzen Tag so viel Sch…redet und baut braucht man halt auch viel Toilettenpapier.

Ich beschloss ein weiteres Massaker zu vermeiden und kündigte beim gütigen Galeristen nach 8 Monaten das Zimmer mit dem Schlossblick, zum 1. September.

Ich wollte ja eigentlich Marburg, nach der Performance meines Buches, verlassen und auf Lesereise gehen. Die von mir beauftragte Agentur brachte es aber leider nicht hin und so beschloss ich erst einmal in Marburg zu bleiben.
Ich sah mich nach einer Bleibe um, und was sage ich ihnen, ich wurde in der Mensa fündig, dort war ein Aushang, ein Zimmer…bezahlbar…sofort beziehbar.

Ich rief die angegebene Festnetznummer
an und machte einen Termin.
Die angegebene Adresse musste in der
Nähe der romantischen alten Mühle an
der Lahn sein, am Unisportgelände, so
stellte ich fest.
Wenig später stand ich vor der
angegeben Hausnummer…
*Es war die alte romantische Mühle an
der Lahn.*
Die Vermieter, alt eingesessene
Marburger,
und ich wurden uns schnell einig
und so zog ich zum 1.September in ein
großes Zimmer
im Hochparterre der alten Mühle.
Es sollte meine letzte Residenz in
Marburg werden.
Doch dazu später.

# Kasperletheater

Also keine Lesereise…aber das Schicksal ließ sich natürlich nicht Lumpen…Ein Theater aus Saarbrücken suchte jemanden für die Organisation einer Tournee. Ich rief an und bekam einen Termin und fuhr ins Saarland. Wie es sich herausstellte war es ein Puppentheater.
Die Organisation bestand daraus mit auf und abzubauen und dem Hauptpuppenspieler zur Hand zu gehen…also Nebendarsteller.
Puppentheater???
Das war mal was Neues…und da ich überhaupt keine Ahnung vom Puppentheater hatte…sagte ich zu. Ich stieg in die laufende Tournee ein…Spätsommer 2009.
Ich wartete auf den Kompaktbus, mit dem Puppenspieler, auf dem Parkplatz Marburg Mitte. Er kam pünktlich und weihte mich schon während der Fahrt in meine neue Aufgabe ein.

Der Puppenspieler war auch schon etwas älter und hatte so seine Eigenarten, außerdem kam er aus dem Osten, was man auch hörte, eher das „Model Hauptmann von Köpenick…"er sah sogar so aus… und redete auch so!
Wir gingen auf Tour mit Stücken die das Theater selbst geschrieben hatte, es waren pädagogische Stücke für Kinder, welche vom Umweltministeriums Saarbrücken in Auftrag gegeben- und auch finanziert wurden. Sehr moralisch erzählte Kasperle den Kindern wie man mit der Umwelt umzugehen hatte und das man Wasser und Strom sparen muss und so etwas alles.
Mit dabei auch eine Puppe in Form einer Energiesparlampe, sinniger Weise „Stromi" genannt. Diesen Part dürfte ich führen. Die Kinder jedenfalls waren begeistert.
Immer am Morgen zwischen 9 und 11 Uhr!

Finanziert war das Ganze im oberen Bereich und wir übernachteten in Mittelklassehotels.
Wir fuhren durch die ganze Republik von Salzgitter über Gera nach Berlin und Hamburg, nach Saarbrücken und zurück. Der Kasperl und der Stromi und die andere Figuren.

Der alte Puppenspieler hatte allerdings so seine Eigenarten…er war schon sehr lange Puppenspieler…vielleicht schon zu lange. Er beschimpfte z.B. immer (die weibliche) Stimme des Navigationsgerätes…in höchst derber und beleidigender Art und Weise…das möchte ich hier nicht wiedergeben.
Und so begann er mir zunehmend auf den Geist zugehen…ich ihm vielleicht auch…wer weiß?

Das Puppenspiel endete für mich in Hamburg, Mitte Dezember, mit einer Vorstellung im Michel.

Ich zog es dann vor bei der nächsten Tournee nicht mehr mitzumachen, da auch die Zahlungsmoral des Produzenten sehr zu wünschen übrigließ und ich mir meine Nerven aufsparen wollte.

Das Jahr und das Jahrzehnt endete, mit der üblichen Feier am 31.12. in Haralds Wohnung, mit all den andern.
-Deja Vu-

2009 und damit das Jahrzehnt endete.
2010 und damit ein neues Jahrzehnt kam und ich war in Marburg…immer noch.

# Ein Marburger Märchen

Es war nun Januar 2010, und ich war immer noch in Marburg und da ich immer noch auf die Gage des Puppentheaters wartete beschloss ich mir Unterstützung von der Agentur für Arbeit zu holen, als Übergang, das was Künstler so machen, wenn es halt eng wird.

Mitte des Monats bekam ich eine Einladung. Man wollte mich unterstützen und lud mich freundlichst ein über Maßnahmen meiner Förderung zu sprechen. Ich nahm die Einladung natürlich an, ich bin ja ein höflicher Mensch. Die Adresse kam mir bekannt vor, es war die alte Volksbank an der Lahn, nun bekam das Gebäude neuen Glanz. Auf den Scheiben des Gebäudes, aus den 70er Jahren, aus Stahl, Glas und Beton, prangte in großen Lettern:

## „JOBAKADEMIE"

Wow voll eindrucksvoll!
Dachte ich mir. Welcher große Geist hat sich so einen Knaller…als Namen einfallen lassen?

Das Klingt wie:

*-„HIGHSCHOLL-MUSICAL"-*
*-„POLICEAKADEMIE 1-33"-*
**Oder**
*-„TOPGUN"-*

oder wie eine große geile Castingshow, im Privatfernsehen! (ich weiß ja wovon ich rede, da war ich ja auch schon…und ich habe es gesehen)-
Monsterschinkenmäßig-…!
Hollywood in Marburg an der Lahn…die ganz große Show!...zumindest vom Namen her.

Also ich hätte es anders genannt, also z.B.

*„Bewerbungscenter"*

oder:

*„Tut was für euer (äh…unser?) Geld…!*
*…-und hängt nicht rum Seminar -*
Nun gut…ich arbeite ja auch nicht für solche Toppinstitutionen.

Aber die Richtung ist schon klar!? Oder? Sie wissen was ich meine? Und was diese Institution aussagen soll?
Genau…!

Hier wird man fit gemacht!
Hier wird aus müden, schlaffen Kulturschaffenden- Top Manager gemacht, die es mit jedem aufnehmen können!

Um 9 Uhr Morgens war der Termin und ich war nicht der einzige, der eine Einladung bekommen hatte.

Mit mir, waren ungefähr fünfzig Prozent
der Kulturschaffenden, der Uni Stadt an
der Lahn, als Teilnehmer, anwesend…
und stellten sich nun namentlich vor.

*„Hallo ich bin der Volker ich mach
Kultur und will ein Café oder so was
aufmachen…oder irgendwas mit
Medien…"*

(Atem sie einmal tief durch)

Geht ja noch denken sie…?
Wo waren die andern 50%?

Nun, die anderen 50 Prozent
der Kulturschaffenden der Uni Stadt an
der Lahn arbeiteten entweder an der Uni-
am Theater-in Förderstellen der
verschiedenen Vereine oder als
Dozenten…wie man sie nannte,
in der Job Akademie…!
Alle anwesenden waren mir schon
vorher, auch mit Namen, bekannt.

Nun sollte man seine Vita überarbeiten, und unter Aufsicht, Bewerbungen schreiben…
Vertrauen ist gut…Kontrolle ist besser.

Das taten wir dann auch.
Ich wurde auch hier sehr kreativ und ich schrieb Bewerbungen und schickte sie an die Theater und Institutionen wo man meine Dienste bestimmt gebrauchen konnte.
So hatte ich wenigstens meinen Frieden vor den anderen 50% Prozent.

Privat Unternahmen nun Peter, seine Lebensgefährtin Eva und Ich viel zusammen. Eigentlich war es gar nicht so schlecht in Paradise City. Man kennt halt alles und es gibt keine bösen Überraschungen.

Frei nach dem Motto:

*„Besser Arbeitslos in Marburg als Lehrer in Offenbach"*

Ich bekam sogar Einladungen
zu Vorstellungsgesprächen!
Zum Beispiel nach Coburg, dort gab es
ab dem kommenden Sommer einen
neuen Intendanten und der suchte
neue frische Leute.
Eine meiner Bewerbungen war bei ihm
gelandet und er lud mich ein. In der
beschaulichen Stadt gibt es neben einer
Versicherung, einer großen Festung samt
Schloss auch ein schönes altes Theater.
Sehr beschaulich, so irgendwo in
Franken-Sachsen-Coburg und es gibt
einen Zug nach Nürnberg…weit, sehr
weit weg von Berlin dachte ich…,
als ich folgenden Spruch an einer Mauer
an der Festung sah…

*"Hallo Muschi ich bin aus Kreuzberg"*

und eine andere Person hatte
daruntergeschrieben:

*"Hallo Kreuzberg ich bin aus Muschi"*

Verstehen sie den Witz?
Aus dem Nirgendwo? Dem finsteren
Franken oder wo diese Stadt genau liegt?
Erklären sie mir es bitte!?

Na ja der neue Intendant würde das wohl
Wissen der ist ja schließlich designierter
Kulturkönig und auch für die Sprache
zuständig.
Das Gespräch jedenfalls verlief sehr gut.
Gefragt habe ich ihn jedoch nicht
danach, ich habe das wohl vergessen.

Es haben sich natürlich auch andere
bei ihm Vorgestellt! Wer so alles?
Das erblickte ich auf dem Weg vom
Theater zum Bahnhof, den dort kamen
mir offensichtlich die nächsten
Kandidaten entgegen.
Was glauben sie woher ich die kannte?

Staatstheater…!

Ich habe sie schon von weiten erkannt.
Sie mich zum Glück noch nicht einmal
aus der Nähe. Typisch! War aber besser
so, was hätte ich denn sagen sollen?

*„Ei gude wie?*
*Wo machste hi?*
*Es war schön euch zu sehen!*
*Wir telefonieren…"*
*(Rodgau Monotones)*
*Das war Hessisch…!*

Doch da wusste ich dass es wohl nichts
wird, mit dem Engagement
in der Idylle…war dann auch so.

Stattdessen hatte man starkes Interesse
an mir an einem anderen idyllischen Ort.
Einem Ort wo es blühende Landschaften
geben soll…im Osten in Sachsen-
Anhalt-Magdeburg-besser gesagt vor
den Toren Magdeburgs-Staßfurt.
Sehen sie in der Karte nach!
Das gibt es wirklich!

Und dort gab es eine Institution die
dringend meine Fähigkeiten brauchte
um arbeitslose Ostdeutsche mit den
Mitteln des Theaters wieder fit für den
alltäglichen Kampf zu machen.
Um wieder ein Held der Arbeit
zu werden.
Nun nüchtern gesagt Dozent!
Also die anderen 50% meiner
Zunft…nun auf dieser Seite ist es
allemal besser sagte ich mir
und führ hin.

Ich absolvierte eine Probeeinheit und wir
wurden uns einig das ich in der nächsten
Qualifizierungsmaßnahme der Dozent
sein werde der die Arbeitslosen mit
künstlerischen Mittel, zum Beispiel
Rollenspiele, wieder fit machen soll und
voll auf die Erfolgspur auf den Straßen
Sachsens-Anhalts oder wo auch immer
bringen soll.
Es war Frühling, Mai 2010.
Ich war bereit im Osten zu helfen.

Peter und Eva freuten sich mit mir das ich nun die Seiten wechseln konnte.
Sie waren aber auch etwas enttäuscht dass wir uns nun wohl nicht mehr so oft treffen konnten.
Magdeburg ist sehr weit.
Weit, sehr weit entfernt von Marburg, auch wenn es ähnlich klingt.
Mein Zimmer in der Mühle behielt ich und wollte pendeln.
Ich bezog ein Zimmer bei einem Italienischen Wirt, in der Nähe der Bildungseinrichtung in Staßfurt.
Mein Auto hatte ich dabei, denn ohne bist du da echt aufgeschmissen.
Der Kurs bestand zu 90% aus langzeitarbeitslosen Frauen mittleren Alters…die waren auch ohne Auto, also doppelt aufgeschmissen, denn für die gab es keine Arbeit…schon gar nicht wenn sie 3 Kinder hatten oder sogar, warum auch immer, alleinerziehend waren.
Meine Kollegen waren allesamt begnadete Pädagogen!

Die Leiterin und ihr Assistent waren also auch von den anderen 50% der den andren arbeitslosen 50% eine Daseinsberechtigung gaben bzw. sie ihnen.
Es handelte sich hierbei wohl eher um eine Beschäftigungsmaßnahme als um eine Qualifizierungsmaßnahme.
Angeleitet von topausgebildet ex DDR Genossinnen und Genossen.
Wie meinem Kollegen…nennen wir ihn Herrn Hirsch. Der Ex Genosse Hirsch war wohl nach der Wende in die Offensive gegangen und erzähle nun jeden der ihn noch nicht kannte, und das waren wenige, oder ihn gut kannten…das waren sehr viele…woher auch immer…das er Oberst A.D. der Nationalen Bereitschaftspolizei sei bzw. dem real existierenden Sozialismus bist zu dessen Ende vor nun mehr 20 Jahren bis zum bitten Ende kämpfend, gedient hatte. Na ja ich könnte auch sagen er war in der Staatssicherheit gewesen.

Ist die Nationale Bereitschaftspolizei nicht für die Staatliche Sicherheit verantwortlich gewesen?
Wie auch immer, das hatte mir mal der Wilhelm Tell Regisseur in Marburg vor Jahren veranschaulicht, da er wohl selbst in dem Verein war…oder war er Intendant? Nun gut er war auch aus dem Osten bevor er nach der Wende nach Marburg kam…auch gut lassen wir das…Schuld und Sühne…
Ok! nun ist es aber gut.

Wir waren aber hier im Osten und in Magdeburg. Ich musste mich anpassen…Hirsch also setzte seine erworbenen Fähigkeiten um. Gelernt ist gelernt und als die Teilnehmer auszubleiben drohten bekamen wir die Order sich vor das Arbeitsamt zu stellen und Erwerbslose ‚sagen wir es mal so, zu rekrutieren…ich überließ Stasi Hirsch das Feld, da kannte er sich besser aus…Tja so ist das im wilden Osten!

Es wurde Sommer und die Lage spitze
sich zu. Die Maßnahme bekam, aufgrund
der fehlenden Konzepte zur
Qualifizierung, keine Anerkennung.
Ich pendelte ja und hatte mein Zimmer
in der Mühle wohlweislich behalten um
nicht im Osten aufzugehen…bzw. unter.
Nach ewigen hin und her meinte die
Leitung dass man die Maßnahme nicht
anbieten dürfe oder eher könne. Meine
Aufgabe war damit hinfällig. Hirsch
brachte man anderweitig unter,
aber das kannte er ja wohl zu genüge.

Ich fuhr heim, nach Westen, in meine
Mühle nach Marburg, zu meinen
Freunden und vor allem
zu Peter und Eva.
Der Sommer war gerettet und es war
wieder Fußball-WM…perfektes Timing
des Schicksals.
Ich bekam eine Dozentenstelle im
Bildungswerk und bildete nun Schüler
im Berufsvorbereitungsjahr aus, in
Geografie und Bewerbungstraining.

Ich nahm die Stelle natürlich an.
Um nicht wieder zu den andern
50% zu gehören.
Es waren Sommerferien, es war WM
und ich war in Marburg, bei Eva und
Peter und wir saßen jeden Abend vor
ihrem Haus in der Paradiesgasse, grillten
und tranken Wein im Paradiesgarten des
Sommers 2010.

Besser als im Osten...ja, ja...Danke!

Eva und ich verstanden sich gut, sehr gut
sogar...zu gut, wie Peter oft fand, wir
lagen auf derselben Wellenlänge und je
mehr Zeit wir miteinander-verbrachten
je mehr kamen wir uns näher.

*Es passierte in einer warmen*
*Sommernacht im Paradiesgarten*
*in Marburg.*
*Ein schaurig schönes Märchen.*

Es war Fußball WM...die deutsche Elf
wurden wieder dritter, und eines Tages

wurde aus den drei Freunden, dem Paar und dem Single, das was der Franzose so schön eine „Menage-a-trois"
nennt. Klingt poetisch oder?
Poetischer als es ist, aber bleiben wir bei dem Begriff, wir sind ja in einem Sommermärchen.

Wir benahmen uns wie Teenager ohne Rücksicht auf Konventionen, wir gingen an den Bagger See baden und mit unseren extra dafür gekauften Schlauchboot auf die Lahn.
Es war ein heißer Sommer, und es war zu diesem Zeitpunkt alles gut. Wir grillten weiter, kochten, hörten und sahen abends You Tube Mixe und tranken abends weiter Wein.

Der Sommer ging, der Herbst kam und wir machten das alles so weiter…warum auch nicht? Ich machte einfach mit ohne nachzudenken.

Es wurde Winter und es
wurde Weihnachten wir unternahmen
alles zu dritt…so ist das im Paradies.

*Wie im Märchen.*

Silvester war wie immer…das kennen
sie ja schon…Déjà-vu-

Im Januar 2011 bereitete ich mich auf
ein Husarenstück vor, im Bildungswerk
wurde es mir zu langweilig und ich
beschloss das Schicksal herauszufordern
in dem ich mich um einen Regie
Studienplatz bewarb- und wissen sie wo?
In Wien, am Max Reinhart Seminar-
*In Wien, dem Olymp der Bühnenkunst!*
Gegen jede Regel und gegen jedes
Gesetz, vor allem in meinem
fortgeschrittenen Alter.

Sie luden mich ein! Ich hatte es in die
Aufnahmeprüfung in April geschafft.

Und so lernte ich alles was mit Theater
zu tun hatte: -Geschichte, -Dramaturgie,
-Spiel, -Theorie…alles…ich bereitet
mich in der Uni-Bibliothek vor.
Was ich nicht wusste, musste ich nun
alles wissen.

Was ich aber auch gar nicht wusste war,
das das Schicksal mich auf einen Weg
geschickt hatte den ich schon lange
ging…auf einen Weg nach Wien.

Doch zu vor, Ende März, Eva hatte
Geburtstag gehabt, musste ich noch
etwas klären. Der Sommer war schön der
Herbst auch und der Winter sowieso.
Doch nun als der Frühling kam war es
anders. Ich hatte lange nachgedacht um
herauszufinden was mich stört. Ich fand
heraus das wir uns schon öfter stritten
und Eva zunehmend versuchte die
Oberhand zu gewinnen, Peter ließ sich
das gefallen, warum auch immer, ich
nicht. Zudem spielte sie uns immer mehr
gegeneinander aus.

Nein das konnte es nicht sein.
Zu dem Peter natürlich eher zu ihr hielt,
ich war mit der Gesamtsituation
unzufrieden.
Und wie das mit Märchen so ist, enden
sie irgendwann. Eher im guten oder im
Status Quo.
Bei uns im letzteren. Sie rief mich eines
Abends, es war also Ende März, an und
fragte ob ich kurz Zeit hätte? Wir
gingen wie so oft an der Lahn
spazieren. Sie meinte dass sie mit der
Gesamtsituation unzufrieden wäre! Ich
stimmte ihr dazu und plötzlich
große Zauberei, war es halt so.

*-Die Entzauberung –*

Und schon war wieder alles beim alten.
So einfach hatte ich es mir nicht
vorgestellt!

Wow was für ein bittersüßes Märchen,
aus dem ich geradeso noch einmal
rausgekommen bin.

*„Du weißt wir haben es versucht*
*Doch wahrscheinlich nicht genug*
*Irgendwie sind Du und ich, so was wie*
*verflucht*
*Irgendwie sind wir nicht gleich, sieh uns*
*doch nur an*
*Ich verdien 'ne bess're Frau*
*Und du 'nen bess'ren Mann*

*Wie oft hab ich daran gedacht, es nie*
*gemacht*
*Ich hab es irgendwie vorher nie*
*geschafft*

*Lieber so... als zu spät*
*Besser wenn du jetzt gehst*
*Viel zu lange schon tun wir uns weh*
*Lieber so... als zu spät*

*Denn wer weiß wo wir sonst enden*
*Wer weiß was noch passiert Wir haben*
*es versucht,*

*es lässt sich nicht mehr arrangieren*
*Auch wenn wir uns verlier'n, auch wenn du mich dafür hasst*
*Seh' es nicht als Ende, seh' es als Beginn*
*Denn das was uns bevorsteht, wär tausendmal so schlimm*
*Tausendmal so hart, täte tausendmal mehr weh*
*Es ist besser wenn du gehst und lieber so als zu spät"*


*(Yvonne Catterfeld-Lieber So)*

# Wien wartet

So wurde es Mitte April
und die Aufnahmeprüfung stand kurz
bevor. Die Aufnahmeprüfung in das
Regieseminar in Wien.

*Slow down, you're doing fine*
*You can't be everything you want to be*
*Before your time*
*Although it's so romantic on the*
*borderline tonight*
*Tonight*
*Too bad but it's the life you lead*
*you're so ahead of yourself that you*
*forgot what you need*
*Though you can see when you're wrong,*
*you know*
*You can't always see when you're right.*
*You're right*

*You've got your passion, you've got your*
*pride*
*but don't you know that only fools are*
*satisfied?*

*Dream on, but don't imagine they'll all come true*

*When will you realize, Vienna waits for you?*

*Komm runter, du machst das gut
Du kannst nicht all das sein, was du gern vor deiner Zeit wärest.
Obwohl es heute Nacht so romantisch an der Grenze ist.*

*Zu schlecht, aber es ist das Leben, das du führst.
Du bist dir so sehr voraus, dass du vergisst, was du brauchst.
Obwohl du siehst, wenn du falsch bist, aber du kannst nicht immer sehen, wenn du Recht hast.*

*Du hast deine Leidenschaft, du hast deinen Stolz, aber weißt du nicht, dass nur Dumme zufrieden sind? Träum weiter, aber glaub nicht, dass alles wahr wird.*

*Wann wirst du es erkennen?*
*Wien wartet auf dich!*
*(Billy Joel)*

Von Wien wusste ich bis dahin
nicht wirklich etwas...

Der Mythos halt...
Hans Moser, Paul Hörbiger,
Theo Lingen und Peter Alexander.
Burgtheater, Volkstheater
und die Staatsoper.
Donau und die Wien. Hofburg, Sissy
und Schloss Schönbrunn. Wiener
Schnitzel, Café Häuser
und Heuriger Wein.
Das typische Bild eben, doch meine
Vorstellung sollte bald relativiert
werden. Ich war noch nie wirklich da
und so machte ich mich am Oster
Montag 2011, per Lufthansajet, von
Frankfurt per direkt Flug nach Wien auf.
Nach dem alles gut lief war ich schon
nach 1,5 Stunden in einer für mich so
anderen Welt...Frühling in Wien.

Ich bezog für fünf Nächte, ein einfaches Zimmer in einem Gästehaus im 12. Bezirk, ganz in der Nähe des Seminars, des MRS, also das berühmte Max Reinhard Seminar in Wien. Am nächsten Tag, also Dienstag, um 11 Uhr morgens fand die erste Prüfung statt. Ich erläuterte meine vorbereiteten Regiekonzepte. Man war anscheinend zufrieden und so hatte ich am Mittwoch die mündliche Prüfung…alles lief erstaunlich gut. Die Ergebnisse sollte es dann am Donnerstag geben.

Ich sah mir die ganze Stadt an, am Nachmittag da hatte ich ja Zeit und es war wieder da…dieses Gefühl das ich 1995 in Marburg hatte…so lange her…mein freier Geiste begann sich zu entfalten und ich wollte gar nicht mehr fort von diesem Ort, der so weit entfernt von jeder Wirklichkeit schien…ein Paradies der Kunst und Kultur.

*Am Donnerstag wurde mir das Ergebnis
der Aufnahmeprüfung mitgeteilt:
Ich hatte Bestanden!*

Doch wie kann es anders sein, spielte
mir das Schicksal einen Streich.
Die Professoren meinten das dass alles,
auch meine Vita sehr eindrucksvoll sei.
Vielleicht zu eindrucksvoll und meinten
weiter das sie nicht wüssten was sie mir
denn noch beibringen sollten und warum
ich nun drei weitere Jahren an einer
weiteren Bildungseinrichtung
verbringen will?
Ich wäre doch viel besser in der Praxis
aufgehoben und ich sollte mich doch
darauf konzentrieren,
gerade in meinem Alter…!
So ihre Empfehlung.
Ich dachte nach…Wahrscheinlich
hatten sie Recht.
Ich hatte mir selbst und es ihnen
bewiesen was ich konnte, welches
Potenzial da schlummerte…also gab ich
meinen Platz an einen jungen

aufstrebenden Regie-assistenten, welcher
die Nummer 1 auf der Nachrückerliste
war, und der hoffentlich nicht so wie so
mancher Assistent am Staatstheater
werden würde, ab.

Ich hatte gewonnen
und doch irgendwie verloren.
Samstag flog ich zurück nach Frankfurt
und fuhr weiter nach Marburg in die
Mühle an der Lahn.
Wien aber wartete geduldig auf meine
Rückkehr.

*Doch dazu später.*

# Marburg-Berlin und dann nach Wien

Ich hatte also gewonnen und doch irgendwie verloren.  Im Marburg angekommen versuchte ich Peter und Eva von Stand der Dinge zu informieren. Doch Eva war nicht erreichbar, auch Peter nicht. Irgendetwas war passiert während ich in Wien war.
Ich denke mal sie haben die Zeit genutzt um ihre Beziehung zu klären. Eine Beziehung zu der ich ja nicht gehörte.
Eva ging mit der Sachlage so um das sie mich von nun an einfach mal aussparte.
Mit Peter war ich immer noch gut befreundet.
Na ja, nach so vielen Jahren und so vielen gemeinsamen Erlebnissen, bleibt das nicht aus. Allerdings normalisierte sich das alles. Doch ich vermute dass Eva es nicht wollte dass wir eine zu enge Freundschaft pflegen  und sie ihn besser im Paradiesgarten  für sich behielt.
Na dann…Mon Amour!

Es wurde Mai in Marburg und ich überlegte nun wohin? Wohin sollte die Reise gehen? Also ich wollte auf alle Fälle Theater machen, Ich hatte ja in Wien allen bewiesen das ich es kann Doch wo? In Wien kannte ich keinen und es war zu früh das spürte ich…ich wollte mich ausprobieren und kam darauf zurück das ich ja noch ein tolles Stück hatte das man auch anders machen könnte…"Casting Theaterstar"
Sie erinnern sich?! Sechs lange Jahre war es her…Doch Marburg kam dafür nicht in Frage…das Stück muss raus in die große Theaterwelt. Wo kann man denn sich so richtig ausprobieren..?

„Die ganze Welt ist ein Theater…
…von Berlin…nach Paris und zurück"
Na?
Nein nicht Paris, was soll ich denn da…eher zurück nach Berlin.
Also nach Berlin…dort gab es sie die Möglichkeiten…die Spieler die Kreativen…die Spielverrückten…!

Auf nach Berlin!
In Berlin gibt es das alles und es gibt ein Hauptquartier der Verrückten Theaterleute…
„Das Theaterhaus Mitte"
Dort bekam ich einen Vertag und probte von nun an dort.
Ich teilte mir eine Wohnung in Charlottenburg mit einem Schauspielkollegen parallel zu Kudamm.
Ich war mitten drin. Ich gründete ein Ensemble mit allem Drum und Dran. Mit Regisseur und Künstlerischem Leiter (also Ich) Mit Dramaturg und Assistenten und natürlich mit Darstellern.
Es war ein tolles Projekt…und wir probten den ganzen Sommer…ein Sommer in Berlin. Wir waren in Kreuzberg auf einem Festival und machten Doku Making off Filme.
Ich inszenierte Theaterstar etwas neu…kein Musical diesmal eine Mischung aus Schauspielrevue und Chanson. Wir waren eine tolle Truppe.

Ich pendelte zwischen Marburg und Berlin denn mein Zimmer in der Mühle wollte ich noch nicht aufgeben. Meist fuhr ich per Mitfahrgelegenheit nach Berlin bzw. Marburg…und wissen sie wer der Fahrer war…? Breithand, der gütige Galerist! NEIN…! Doch…! So geht das im Leben.

Der hatte expandiert und in Berlin eine Galerie eröffnet also fuhren wir immer hin und her.
Wir brauchten auch gar nicht so lange, so etwa 3 Stunden inklusive Wurstessstopp in Thüringen. Wie geht das? Nun, der gütige Galerist war ja bevor er Galerist wurde, Jet Pilot-Marine Flieger-und so fuhr er auch.
Sein Riesenkombi fuhr so 240 Sachen und er war voll in seinem Element.
Na ja also Angst kam da aber keine auf.
Er hatte schon Erfahrung.
Passiert ist nie etwas!
Safety First!
Volle Fahrt voraus!

Im Herbst, am 2. Oktober hatte die Neu-
inszenierung Premiere auf dem
Theaterkahn vor toller Kulisse und vor
ausverkauftem Haus. Unter ihnen auch
viele Österreicher, auch die Vertretung
des Kultur Attachés war da.
Diese meinte das die Revue unbedingt
nach Wien als Satire gehört… am 3.
Oktober spielten wir auch, da kamen
allerdings nicht so viele. Feiertag eben.

Ich dachte nur? Warum nicht?
Du hast Berlin gemeistert!
Wien ist da kompakter…und nun war
ich soweit.
ich wusste ja Wien wartet auf mich.
Wir spielten noch ein Wochenende
Mitte Oktober die Revue,
dann war in Berlin eh Schluss, da die
meisten meiner Spieler Festengagments
bekamen. Da konnte und wollte ich nicht
mithalten. In Marburg hatte ich auch
schon meine Zelte abgebrochen.

Zum 15. Oktober hatte ich das Zimmer
in der Mühle an den nächst besten
Marburg hungrigen Studenten, der das
alles jetzt noch vor sich hatte, als
Nachmieter vergeben. Ich war frei,
ich war endgültig bereit für Wien.

In Wien angekommen orientierte ich
mich erst mal und suchte ein Zimmer.
Das Schicksal schickte mich in die
Josefs Gasse, in den 8. Bezirk.
Nobel…Und dort in einer original
Wiener Etagenwohnung gab es ein
Zimmer bei eine alten Dame die die
Wohnung als eine Art Pension führte.
Und glauben sie es oder nicht…diese
alte Dame. Anfang 80 und topfit…war
die wahrhaftige Nichte von…?
*Hans Moser…!*
Na da gab mir das Schicksal
aber das volle Programm…-)

Die nette alte Dame hatte natürlich
Ähnlichkeit mit dem großen
Volksschauspieler und erzählte gerne
Anekdoten die mir sehr gefielen und
mich inspirierten…der Spirit von
Moser..!
Habe die Ehre!
Ich beschloss aus meiner Revue eine
dritte Fassung zu machen…eine Satire
auf Casting Shows mit
Nachwuchsschauspielern.
Diese fand ich schnell und auch eine Co-
Moderatorin die sehr talentiert war und
mich auch sehr weiter brachte, denn sie
war schon länger in Wien.
Wir machten die ersten Vorstellungen
der Satirischen Revue
im November/Dezember im Café Prückl
im 1. Bezirk.
Dort gibt es ein Kabaretttheater wo sie
schon alle gespielt haben…wirklich alle
bekannten Wiener und nun wir.

Die Revue kam sehr gut an und so beschlossen wir die Reihe im Januar 2012 fortzusetzen…und ich hatte auch schon weitere Ideen für spektakuläre Inszenierungen. So blieb ich in Wien, in der Josefs Gasse in der Etagen Wohnung bei meiner Wirtin, der reizenden Moser Nichte.
Ich meldete mich zum 1. Jänner 2012 fest in Wien an und war von nun an ein Bürger Wiens.
Über Weihachten fuhr ich nach Wiesbaden und zwischen den Jahren noch einmal nach Marburg um mich dort abzumelden.

*Das tat ich dann auch.*

Endgültig!

Als ich das Einwohnermeldeamt in
Marburg am 28.12.2011 verlassen hatte
und nun kein Marburger mehr war, ging
ich noch einmal so etwa 4 Stunden lang
durch die Stadt in der so viel passiert
war. In der ich so viel gelernt und der ich
so viel erlebt hatte.

Ich ging zum Christian Wolf Haus und
sah, von unten vom Parkplatz,
mein erstes Zimmer.

Ich ging an den Häusern vorbei in denen
einst Karen gewohnt hatte
„Save tonight..!"
Ich erinnere mich an alles..!

Ich ging zur Oberstadt und in die
Mainzer Gasse, zur Haus WG,
diese war inzwischen unbewohnt.

Ich ging zum Studentendorf und ich ging
zur Phil-Fak und zur UB.

Diese waren allerdings zwischen den
Jahren geschlossen, genauso wie die
Mensa.
Ich besucht noch einmal alle Plätze,
ich lies alles Revue passieren.

Notiz:
Die Stadt war kalt, leer und eisig an
diesem Tag zwischen den Jahren, Ende
Dezember 2011. Eigentlich wie immer
zu dieser Zeit. Es war niemand da den
ich kannte, keiner von ihnen war in
der Stadt!

Das Schicksal machte mir den Abschied
leicht…!

Am 29.12.2011 nahm ich von
Frankfurt aus
den Nachtbus nach Wien,
ohne Rückfahrkarte
In meine neue Heimat,
in die Josefs Gasse.
Fünf Minuten vom Volkstheater.

Sylvester 2011
verbrachte ich alleine,
an der Donaubrücke im 22. Bezirk,
das prächtige Feuerwerk bestaunend und
fuhr um 1 Uhr morgens mit der U2
in Richtung Haltestelle Volkstheater.
Dort stieg ich nun am 1. Januar 2012 aus
und lief in die Josefs Gasse, es dauerte
nur fünf Minuten.

## Fünf Minuten vom Volkstheater

Nun war also der 1. Januar 2012, ein Jahr in dem so viel wie noch nie passieren sollte, es kam mir jedenfalls so vor.

Ich wohnte nun also in Wien und fing an mich richtig einzurichten und auch was meine Projekte betraf lief es gut.

Wir spielten weiter erfolgreich die Revue im Prückel und ich plante eine neue Inszenierung. Nicht irgendwo sondern es musste ein passender Ort sein. Das Stück war quasi das weibliche Gegenstück zu dem Stück vom selben Autor das ich seinerzeit in Wiesbaden an meinem alten Gymnasium inszeniert habe…das Gegenstück zu Klamm`s Krieg, dem verbitterten Deutschlehrer. Nun es ist: „Welche Droge passt zu mir" Ein Solo über eine verbitterte Hausfrau die sich mit diversen Drogen versucht selbst zu verwirklichen,
sehr philosophisch.

Wirklich…ich wollte es so inszenieren
wie es geschrieben wurde…
also als Vortrag.

Also keine klassische Bühne. Ich dachte
an einen Vortragssaal…Hörsaal? Wien
hat viele Hochschulen und viele Hörsäle,
aber wohin passt dann ein
Psychogramm? Nun in der
medizinischen Uni und dort gibt es
sogar historische Hörsäle. Und es gibt
sogar einen in dem der Meister selbst
Vorgelesen hat…dem anderen Freund
des anderen Leid, wissen sie über Freud
Bescheid? Siegmund Freud hatte dort
Vorlesungen gehalten…Wow…und was
liegt da näher als diesen Geist zu nutzen.
Ich bin zur Verwaltung und zu etlichen
Professoren und sie dafür zu gewinnen
diesen Ort mit „Der Droge"
zu bespielen. Ab April das Ganze
Semester lang, quasi als Vorlesung im
Studium Generale…sie können mir
folgen? Sie können der Idee folgen?

Nun gut…Ich überzeugte alle und so hatte ich mit dem Jugendstil Hörsaal in der Medizinischen Universität, im 9.Wiener Bezirk, den perfekten Spielort. Nun brauchte ich nur noch eine perfekte Darstellerin der Hanna, so heißt die Dame im Stück, welche über Freud und Leid der Welt der Drogen berichtet…mit allem Drum und Dran ..sogar mit Einkaufstipps für eine Erfolgreiche Abwicklung.

*„Behaupten sie, sie sind Schweizer! Das macht den Eindruck, als legen sie Wert auf höchste Qualität"*
*(Kai Hensel)*

Köstlich, dieser trockene Humor!

Der doch bestimmt in Wien ankommen muss. Hervorragend ankommen muss.

Ich suchte also einen Hauptdarstellerin…Ich inserierte auf einer Fachseite im Internet und es meldeten sich einige Damen.

Die meisten waren alle sehr Jung oder wollten eine Megagage!

Aber ich suchte etwas Besonderes…Typ Hausfrau und doch verrucht. Spielalter Anfang 30… Das musste doch zu finden sein…Eine Darstellerin die diese Rolle lebt die an die Kunst denkt nicht an eine fette Gage…sie meldete sich.

Es war eine drahtige Endzwanzigerin die gerade ihr Schauspielausbildung absolvierte, an der Uni noch Sprachen studierte und die nebenbei jobbte…als Hilfsköchin…und nach Anerkennung suchend sich bewarb. Kaja…ihr Name. Keine Ahnung aus welchen Teil des alten Österreich der kommt.. Ich habe auch nicht gefragt.

Perfekt…auch vom Aussehen…keine perfekte Schönheit…sie wollte die Rolle…und sie spielen…sie leben…Das überzeugte mich!

Sie wurde Hanna in diesem grandiosen Monolog.

Ein Monolog über
Liebe, Tod und Teufel!
Wir probten von Mitte Januar bis Mitte März…und immer und immer wieder.

Anfang April gab es die Vorpremiere…dann sollte es ein volles Haus geben doch das Stück hatte so seine Tücken…Doch dazu später.

Die Revue lief währenddessen gut und wir breiteten sie über die Bezirke Wiens aus, um mehr Publikum anzusprechen.

Ich ging zu dieser Zeit immer wieder am Volkstheater vorbei. Notgedrungen da kommt niemand ja eigentlich wirklich drum her rum. Entweder muss man zur U Bahn Station oder auf dem Weg zum Museumsquartier, immer kam man an dem Tempel der Musen der so viel Geschichte hat, vorbei.

Ein Wahrzeichen Wiens eben.

Das Volkstheater!

Zu dieser Zeit prangte auf der Spitze der Kuppel sogar ein roter Stern. Der damalige Direktor wollte sich wohl von den anderen abgrenzen, vor allem aber wohl vom Burgtheater und seinen eigenen Stil bringen, das schaffte er wohl auch. Das gefiel mir und ich hegte eine gewisse Sympathie für diesen Ort.

Der ja nur fünf Minuten, also zu Fuß, von meiner Wohnung in der Josefs Gasse entfernt war.

Auch Abends kam ich dort vorbei und da es nun im März ja noch früh dunkel wurde, sah ich des Öfteren das Volkstheater hell erleuchtet, im vollen Glanz mit Balkon, auf dem in den Pausen der Aufführungen die Menschen standen und tranken und rauchten und sich unterhielten. Auf diesem magischen Balkon von dem man auf die Hofburg sehen kann und auf dem man gesehen wird… dem Balkon von dem man die Unendlichkeit Wiens bestaunen kann.

Ich bestaunte nun den Balkon, die Menschen und das Theater…jedes Mal wenn ich daran vorbei kam, besonders halt wenn es dunkel wurde. Im Theater selbst war ich komischer nicht, zu diesem Zeitpunkt nicht…Mir genügte die Magie von außen…auch wenn ich wusste wie es innen aussieht.Ein goldener Raum mit Paket, Logen, Balkon und Rang. Ein Zauberkasten voll mit Nostalgie, wie Wien selbst eben.

Nun aber hatte ich irgendwie keine Gelegenheit als Zuschauer mir etwas anzusehen. Ich wünschte mir insgeheim dass ich hinter der Bühne sein könnte…oder besser noch… auf der Bühne in dieser Legende des deutschsprachigen Theaters.

Doch wie sollte das gehen?

Hier spielten die besten der besten…das war der Olymp…!

Zusammen mit dem Burgtheater,
dem Theater in der Josefstadt,
dem Schauspielhaus in Bochum,
dem Berliner Ensemble, dem Thalia
Theater in Hamburg,
dem Schauspielhaus Zürich
und einigen anderen herausragenden
Häusern.

Hier war die Premierliga des Theaters zu Hause…besser als Staatstheater…das kannte ich ja zu genüge…aber das hier war noch eine Liga höher…höher geht es nicht. Was für ein Traum von einem Schauspielhaus…!

Doch wohl nur ein Traum
dachte ich mir.

Obwohl ich doch immer hoffe dass meine Träume wahr werden. Das ich meine Träume leben kann so wie ich es schon so oft getan habe. Die Hoffnung soll man ja nie aufgeben dachte ich mir immer, wenn ich, am Volktheater vorbei, nach Nachhause ging.

In nur fünf Minuten…so nah
und doch so fern.

Ich probte nun fleißig die Droge und
spielte genauso so fleißig die Revue.
Es lief alles ganz gut und nahm seinen
Lauf. Der Frühling hatte Einzug
gehalten, im Prater blühte langsam alles
und das Schicksal klopfte erneut bei mir
an. Es muss so Ende März gewesen sein
als ich auf der vielzitierten Webseite
gelandet bin um mich dort kundig zu
machen war, wer, wo in Wien so
sucht…also im künstlerischen Bereich.
Und dort stand eine Offerte…die mein
Herz so was von höher schlagen ließ.

*„Gesucht werden Darsteller*
*für eine besondere Inszenierung,*
*mit einem besonderen Regiekonzept.*
*Körperlich fit und mit Mut zu neuem"*
So der ungefähre Wortlaut.

Ich würde natürlich Neugierig und sah
nach welches
Theater,

für welche Produktion solche
Teufelskerle sucht. Das Stück
jedenfalls war ein Gorki,

Maxim Gorki…Russisch…naja da hatte
ich ja schon Erfahrung
mit Russischen Stücken.
Der Titel war verheißungsvoll:

*„Kinder der Sonne"*

Ein Stück über Bürgertum und
Arbeiterklasse. Dekadenz, Ausbeutung
und Revolution. Ich dachte das ist doch
genau mein Ding…mal wieder selbst
auf die Bühne, in einem Ensemble
mitmachen, dabei sein. auch wenn das
Theater noch so klein ist…Ich dachte ja
es wäre, bei dem was ich gewohnt
bin…eine Off Theater Produktion oder
ein kleineres ON Theater, wie das
Stadttheater in der Walfischgasse oder
das Schauspielhaus.

Wo sollte man sich melden? Bei wem?
Wer war der Kontakt?

Ich sah nach den Kontaktdaten.

„Bei Interesse an einem Vorsprechen kontaktieren sie bitte die Regieassistenz unter: *********** (Das ist eine Geheimnummer bzw. E-Mail , die ich nicht preisgeben kann und darf, und wenn schon, ist diese bestimmt heute nicht mehr gültig.)

Ich sah genauer hin an welchen Theater die Regieassistenz nun an ihren PC die Bewerbungsmails liest und tätig ist:

Volkstheater..! Volkstheater? Volkstheater!!!

Volltreffer…das war meine Chance und schickte eine E-Mail mit meiner Vita und rief die Assistenz an …
doppelt hält besser. Die nette weibliche Stimme am Telefon, die nun einer Regieassistentin des Volkstheaters gehörte, meinte ich solle am Samstag um 11Uhr in die Faßziehergasse kommen um mich dort dem Regieteam vorzustellen.

Wahnsinn…das Volkstheater Wien lud mich zum Vorsprechen ein…!

Na immerhin konnte ich dann mal erzählen das ich am Volkstheater vorgesprochen habe…Das alleine geht runter wie Öl… Also ich machte mir wenig Hoffnungen das ich eine der Rollen bekam, so realistisch muss man in diesem Haifischbecken, auf diesem hohen, dem höchsten Niveau der Bühnenwelt, schon sein.

So also erschien ich an diesem Samstag, Ende März 2012, um 11Uhr zum Vorsprechen in den Proberäumen in der Faßziehergasse, des weltberühmten Volkstheaters in Wien.

Es waren einige Kollegen da und man hatte schon vorher anhand der Vita ausgesiebt, so dass wir zu zwölft waren.

Ein Dutzend Darsteller die alle am Volkstheater spielen wollten.

Der eine oder andere hatte wohl auch
schon dort gespielt, man kannte sich,
jedenfalls so mein Eindruck.

Sie mussten trotzdem dem Urteil der
Regie standhalten…
Wir wurden in zwei Gruppen eingeteilt
jeweils 6 Kandidaten…klar soweit?

Es waren also sechs Rollen zu
vergeben…alle samt
Arbeiter…Arbeiter1…bis Arbeiter6

Die Bürgerrollen waren alle schon mit
Stammschauspielern mit festem Vertrag
vergeben…Die Besten der Besten…!
Volksschauspieler…ein Adelstitel
in Wien.

Ich hatte also eine fünfzig-fünfzig
Chance..!

Das war der Stand der Dinge an diesem
Samstagmorgen Der Regisseur, ein
junger preisgekrönter Migrant aus
Berlin, begutachtete uns und erläuterte
das Konzept

und ob wir damit etwas anfangen
können. Also im Prinzip war das
Konzept recht einfach. Es war eigentlich
wie im damaligen Leben in Russland.
Oder heute noch..?

*Das Leben:* Es gibt Bürger und Arbeiter
und die Bürger sind in dem Stück sogar
Bildungsbürger und die Arbeiter sogar
so richtig geknechtet. Die Bürger reden
meistens den ganzen Tag und noch die
Nacht und die Arbeiter arbeiten den
ganzen Tag…und auch mal Nachts..!

So auch in dieser Inszenierung
des preisgekrönten jungen Regisseurs
mit Migrationshintergrund.

Die Arbeiter sollen buchstäblich das
Bühnenbild am Anfang des Stückes
aufbauen du es dann halten…eine
tragende Rolle also… sehr wichtig
und da die Arbeiter das ganze System
tragen…kann man natürlich mit
Auflösungserscheinungen rechnen und

das ganze System kann
zusammenbrechen…

Klar soweit?

Genial…ich war Feuer und
Flamme…der Regisseur begutachte also
alle und musste nun mit seinem Team
entscheiden wer in seiner Inszenierung
nun diese tragenden Rollen des Arbeiters
1 bis 6 spielen soll bzw. darf.

Wer darf mit den besten der besten im
Theater Olymp spielen?

Fünfzig-fünfzig wie gesagt
es wurde spannend!

Als wir als zweite Gruppe in den Raum
gerufen wurden waren wir sechs…sechs
Rollen…also waren wir nun drin oder
draußen?

Von der ersten Gruppe war nichts mehr
zu sehen…Hatten sie die Rollen
bekommen und waren schon in die
Kantine gegangen um zu feiern?

Der Regisseur lächelte…wollte er nun sagen:

*„Ihr seid raus"*

*„Viel Spaß noch und holt euch ein paar schöne Steuerkarten für die Premiere…wir sehen uns dann noch am Tag der offenen Tür…"*

*„Denn außer an dem müsst ihr draußen bleiben…keine große Bühne… Bella ciao!"*

Es knisterte er machte den Mund auf und sagte trocken:

**„Willkommen im Ensemble ihr Sonnenkinder"**

**„Willkommen am Volkstheater Wien"**

Ich bekam die Rolle des Abeiter3

Ich war sprachlos…und wer mich kennt weiß das dies so gut wie nie vorkommt.

Wow…Das Schicksal meinte es so gut mit mir…es hatte meine Träume beantwortet ich war drin, ich dürfte auf die große Bühne.

Im großen Volkstheater im großartigen Wien.

*Leb deine Träume…*

*"An manchen Tagen ist der Himmel schwer wie Blei-*

*All die Fragen irren durch dein inneres Labyrinth-*

*Du hörst sie sagen Das klappt nie! - hör gar nicht hin*

*Dieses Leben hat so viel zu geben und nur du gibst ihm den Sinn!*

*Leb deine Träume, dann gehört dir die Welt*

*Du weißt ganz alleine, was dir gefällt-*

*Du musst kein Sieger sein, mach dich nie wieder klein! Leb deine Träume!*

*Jeder Tag, jede Stunde kann dir so viel geben und nur du gibst ihr den Sinn!*

*„Leb deine Träume, dann gehört dir die Welt"*

*(Luxuslärm)*

Wir probten dann den ganzen April ich war wieder mal mitten drin.
Die Kollegen waren allesamt Vollprofis durch und durch, ich hatte es auch nicht anders erwartet. Wir unterhielten uns zwischendurch über unsere Rollen und legten sie an. Ein sehr erfahrener und wohl auch altgedienter Schauspieler stellte den Schlosser Jegor dar...Alex.

Alex kam aus einer Wiener Theaterfamilie und ich sollte noch viel von ihm lernen. Er meinte zu mir: „Schwierige Rolle…du musst präsent sein, alle Augen auf dich…einfach nur da sein und wirken…dafür musst du gut sein und dass musst du gelernt haben.

Ich hatte das aber nicht gelehrt…Gut war ich wohl sonst wäre ich ja nicht im Ensemble, meinte Alex trocken…

Also lernte ich von den Besten, vor allem von Alex und ich lernte schnell!

Eine junge Kollegin welche die Lisa spielte, meinte zwischendurch als Antwort auf ein paar schlüpfrige…Bemerkungen des Kollegen der den Maler spielte.

*"Ich weiß gar nicht was ihr mir sagen wollt, ich bin vom Land…"*

*Dieser antwortete noch schlüpfriger:
„Na das sind die schlimmsten"*

Na Servus…das kann ja heiter werden!

Die Droge lief ja auch an, auch wenn es keine öffentlichen Vorstellungen mit Eintritt gab…und die Revue lief auch noch…auch wenn sich die Zuschauer nun sattgesehen hatten und wir quasi alle

23 Bezirke Wiens, gefühlt durchgespielt hatten.

Die Revue spielten wir dann auch ab, wir hatten wohl alle Talent in Wien durch…Talentshow erfolgreich beendet.

Aber ich war nun Volkstheater auch wenn ich "nur" Gast war.

Es ging Mitte April munter auf die große Bühne zu den Bühnenproben. Kinder der Sonne fängt an zu leben…Die Sonnenkinder sind da…und ich war eines davon…

Es kamen die Durchläufe und die Endproben und wir spielen nun auf der großen Bühne in diesem silbernen Raum dessen Teil ich nun war…zusammen mit den fünf anderen Arbeitern, einer davon war ein älterer, echter Wiener, der schon öfter am Volkstheater gespielt hatte. Ich nenne ihn mal…Poldi… mit ihm sollte ich noch so manche Theateranekdote erleben. *Doch dazu später.*

Da spielten wir nun, der Botaniker, seine Schwester Lisa, seine Frau, der Tierarzt, dessen Schwester, der Maler, der Geschäftsmann, der Schlosser und Arbeiter3….und Arbeiter 1 und 2 und Arbeiter 4, 5 und 6. Die Proben kamen gut voran und das Ensemble verstand sich glänzend auch und gerade außerhalb der Bühne.

Super Atmosphäre und richtig Kollegial echter Zusammenhalt eben.

So kam es das ich mich auch näher mit Annette bekannt machte. Sie war der talentierte Nachwuchs mit einer großen Zukunft am Theater. Studiert hatte sie wohl in Zürich und nun war sie in Wien und eigentlich kam sie vom Main, also auch Deutsche…also eher Franken… Wir probten also fleißig…Die Arbeiter arbeiteten, damit die Bürger reden und diskutieren konnten.

Annettes Rolle, also die Lisa welche sie so herrlich schön, so bitter süß , angelegt hatte, diskutierte gerne…trotzig und klug…voller Ideen.

Dass Annett selbst voller Ideen war bekam ich buchstäblich am eigenen Leib zu erfahren.

*Folgende Szene:*

*Alles ist am zusammenfallen…alles…*

*Die einst so prächtige Tafel der prächtige Tisch, an dem gezecht und diskutiert wurde und die von zwei Arbeitern getragen wurde…ist nur noch Schrott…gehalten von einem wackeren Arbeiter…Arbeiter3!*

*Alleine!*

*Das alles an der oberen Bühne…*

*An der unteren Bühne streitet sich Lisa wie so oft mit ihrer Familie…*

Dann passierte folgendes…Annette sprach zwischendurch mit dem Regisseur über den Verlauf ihrer Rolle…die Frage war wohl was sollte Lisa jetzt tun nach dem Streit??
Ein einfacher Abgang war ihr wohl zu langweilig…

Ich stand da auf der oberen Bühne mit dem Tisch im Anschlag und wartete was als nächstes passieren soll…ich sollte nach dieser Szene mich in die Revolution verabschieden…also auch Abgang…erst mal.

Ich sah mir das Gespräch der beiden an…es war ja so etwas wie Pause…

Dann hörte ich den preisgekrönten Regisseur folgendes sagen: „Super Idee"

Die Idee kam von Annette und sollte direkt in die Tat umgesetzt werden…

Der Gedanke war wohl das Lisa sich nach dem Streit…in die Arme eines Arbeiters begibt,

um Trost zu suchen…dieser Arbeiter
war Arbeiter3…sie kam direkt und
entschlossen auf mich zu…um die Szene
auszuprobieren…

Ich stand nun, die Fragmente des Tisches
haltend, da und Lisa schmiegte sich an
den Arbeiter3

Trost suchend in dieser schwierigen Zeit,
in der Hoffnung auf Abenteuer…legte
sie ihren Kopf an seine Schulter.

Es war Gedanklich irgendwie wie bei
Bonny und Clyde, in diesem Song der
„Toten Hosen", kam mir der Gedanke.
So legte ich es dann auch an…Wild
romantisch…und harte Arbeit…für die
Darsteller..!

*„Ich geh mir dir durch dick und dünn bis
an das Ende dieser Welt"*

*„Leg deinen Kopf an meine Schulter,
es ist schön, ihn da zu spüren,
und wir spielen Bonnie und Clyde.*

*Auch wenn uns die ganze Welt verfolgt, wir kümmern uns nicht drum, denn wir sind Bonnie und Clyde. Lebendig kriegen sie uns nie, egal wie viele es sind. "Tod oder Freiheit" soll auf unserem Grabstein stehen. Du bist Bonnie, ich bin Clyde."*
(Bonnie und Clyde -Die Toten Hosen.)

Schön….nicht wahr?

Das volle Revolutionsfeeling…bis der Arbeiter3 einen Anfall bekommt (was auch immer), den Tisch unter lautem Getöse fallen lässt und die ganze Szenerie, also den Ort der geknechteten Kreaturen und auch Lisa verlässt.

Was für ein Einfall…was für eine Szene!

So machten wir es dann auch…Eine meiner Lieblingsszenen (sic)

Die Premiere war ein voller Erfolg „Spektakuläre Inszenierung" war in der Presse zu lesen…!

Kraftakt der geknechteten Kreaturen dachte ich mir dazu…ich hatte schon sehr viel gelehrt.

Von nun an spielte ich regelmäßig am Volkstheater. Das Stück war bis zum Sommer im Spielplan und war auch als Wiederaufnahme für die Spielzeit 2012/13 eingeplant.

Ich spielte weiter „die Droge" bzw. meine Hauptdarstellerin, das alles im „Freud Gedächtnissaal" dem historischen Hörsaal der Medizinischen Universität, im 9. Bezirk gelegen. Doch dieser war wirklich historisch und mit harten Bankreihen ausgestattet. Was dazu führte das kaum jemand dort 2 Stunden absitzen wollte. Das Stück wurde zwar gespielt allerdings außer Konkurrenz so zu sagen. Denn es wurden eher öffentliche Durchlaufproben ohne Eintritt.

Sozusagen zum Einspielen, damit wir es in der kommenden Spielzeit Gastspielmäßig spielen können.
So unsere Planung, also die von Kaja und mir, denn wir waren inzwischen einen Produktionsgemeinschaft.
Also spielten wir Mai und Juni munter „die Droge" vor einem handverlesenen begeisterten Publikum. Ohne Eintritt wohlgemerkt.
Das alles sollte ja wohlgemerkt in der nächsten Saison durchstarten.

Ich spielte unterdessen begeistert den Arbeiter3, in Kinder der Sonne, am Volkstheater und alles war gut. Ich hatte auch schon weitere Pläne für Inszenierungen unter Tatkräftiger Mitwirkung meiner Wiener Kollegin Kristel, mit der ich ja schon die Revue auf die Bühne gebracht hatte.
Diesmal sollte es Lutz Hübner werden, ein Ausnahmeautor wie ich finde.
zugegeben nicht jeder Regisseur findet das.

Er hat diese Eigenart seine Dramen
sozusagen maßgeschneidert zu liefern,
seine Räume sind schon vorhanden und
auch sonst ist da nicht wirklich viel
Spielraum als es so zu inszenieren
wie es geschrieben wurde.
Ich hätte es nicht anders geschrieben und
so war es maßgeschneidert für mich.
Ich dachte an zwei Stücke:
„Gretchen 99ff"
Eine Art Theaterkabarett und an
„Nelly Goodbye"
einem Drama und eines der schwersten
zu inszenierenden Stücke vom Stoff her.
Alex sagte mir als ich einmal mit ihm
darüber sprach, dass es sich auf der
Skala zwischen 1 und 10 um eine glatte
9 handle, schwer, sehr schwer sogar.

Gretchen 99ff. war da schon
dankbarer…weil es im Theater selbst
spielt. Ich suchte also wieder per
Anzeige auf der beliebten Internetseite
nach Mitstreitern. Sowohl für Gretchen
als auch für Nelly.

Ich fand sie, was nicht einfach ist denn
bei Nelly und ihre Freunde handelt es
dich um eine Jugendrockband und da
jemand passenden zu finden, der jung
ist, ein Instrument perfekt kann und auch
noch profihaft spielen kann ist schwer,
genauso schwer wie
Hübners Stück selbst.
Also beschloss ich Nelly im November
zu machen und vorher Gretchen99ff.
Die Besetzung war schnell gefunden…
Kristel und Ich, ergänzt durch einen
älteren Wiener Darsteller, Timor, Ende
40 und sehr erfahren, der auch schon in
der Jury der Talentrevue
mitgewirkt hatte.
Da konnte nichts Schieflaufen.
So dachte ich.

Doch dazu später.

Zuerst spielten wir die Droge fertig,
bis Ende Juni also Saisonende am
Theater und an der Uni. Kaja war nicht
so zufrieden da es ja keine Gage gab.

Mit der Aussicht auf Gage blieb sie bei der Stange und spielte bis zum Schluss im Hörsaal die Hanna.
Dann allerdings nach der letzten Vorstellung Ende Juni lief sie aus dem Ruder…sie wollte die Produktion alleine haben und bot mir für meine Inszenierungsrechte eine kleine Ablöse an. Lächerlich! Dachte ich mir!
Doch klar denn es war ja ein Solo das nun eingespielt war…da brauchte sie eigentlich niemanden mehr…es war perfekt inszeniert! zu perfekt…Denn sie brauchte mich ja nicht mehr!
Doch es war meine Produktion bzw. unsere, was sich als Fehler herausstellte das ich sie ins Boot geholt hatte.
Den sie meinte sie wäre 90% des ganzen was ja auch faktisch so nicht stimmte.
Nun wollte sie alleine weitermachen, um wohl das gesamte Kapital herauszuholen. Das hätte ich nicht von ihr gedacht…doch es war so.

Sie meuterte buchstäblich und wollte
mich, im Beiboot mit einer Abfindung
bildlich gesehen, aussetzen.
Darauf reagiere ich nicht so gut, da bin
ich eigen, es mit mein
Gedankengut…mein Konzept…also
lehnte ich ab.
Das fand Kaja nicht so gut…
Meine Antwort war:
Warum sollte ich das tun?
Ihre Antwort blieb aus.
Nach der letzten Vorstellung gab sie mir
den Schlüssel zu Hörsaal und
verabschiedete sich mit einem
Servus! in den Sommer.
Danach war sie nicht mehr zu erreichen.
Na ja besser so als ein Massaker…
Für mich war die Produktion erledigt
und ich konzentrierte mich auf Kristel
und Timor und die Hübner Stücke.
Timor hatte eine Superidee, wie er fand,
wo wir Gretchen99ff. spielen können.
Ich wollte ja ein Theater, weil es ja im
Theater spielt.

Er meinte er kenne vieles z.B. eine Bar, die Arena Bar im 5.Bezirk. Die Arena Bar war eine Art Varieté Theater mit Podest Bühne, so Timor. Ich sah sie mir an, warum auch nicht.
Besitzerin und auch Betreiberin war eine ältere Dame die diese Lokalität schon seit 30 Jahren betrieb. Eigentlich war es wohl mal eine Rotlichtbar mit allem Drum und Dran! Sie verstehen?
Die Podest Bühne diente einst als Animierbühne mit Tanz an der Stange, wo die feschen Mädels so richtig Stimmung machten.
Ich inspizierte die Lokation an einem Mittwochabend mit Timor und fand sogar noch Backstage die besagte Stange…wie authentisch voller Nostalgie…dachte ich mir.

Heutzutage, so die alte Dame, mache man hier Kultur und ab und zu sei der Barbetrieb mit Kellnerin noch in Betrieb, immer halt dann wenn keine Kultur die Bar bespielt.

Alles war eigentlich original aus den 50er/60er, mit rotem Samt und Separee, das nun als Garderobe für die Künstler diente wurde mir erklärt. Nur besser geht es kaum dachte ich mir eine ehemalige Rotlichtbar als Theater im Theater…krass…und so viel Partita und so viel Geschichte.
Wenn man sie konzentrierten würde und die Augen schließt so dachte ich und tief einatmete schmeckte und roch man noch den Geist von Samt und Rotlicht und vergossenen Champagner…so Fledermausmäßig, also die Operette halt…oder Cabaret das Musical…come to the Cabaret…Lisa Minelli mäßig und dann die Theaterleute mitten drin….
Das Gretchen…!
Authentischer ging es nicht…Fantasie und Wirklichkeit…Volltreffer. (Sic)

Nun ja die Proben gestalteten sich dann etwas schwierig, weil Tibor sich als etwas zwiespältig herausstellte.

Auf der einen Seite war er Perfektionist
der es allerdings an der notwendigen
Konsequenz vermissen ließ, denn er
kann ständig zu spät.
Das nervte schon etwas zumal er in den
Proben, wenn er spielte er immer
mitinszenieren wollte, in den er sein
Spiel unterbrach um göttliche
Eingebungen zum Besten zu geben!
Wenn er allerdings inszenieren sollte,
also dann wenn ich spielte, unterbrach er
die Regie um, wie er fand,
göttlich mitzuspielen!

*So geht das nicht,
so kann man kein Theater machen!*

So langsam begriff ich warum
er Schwierigkeiten hatte in der Szene
noch zu arbeiten, weil so wohl niemand
mit ihm arbeiten wollte, außer ich, bzw.
wir, also Kristel, der das langsam auch
auf den Geist ging.
Eines Morgens passierte es!
Die Realität holte uns ein.

Es war ein warmer Sommermorgen im Juli und wir betraten unserer Spielstätte so gegen 11uhr.
Am Vorabend hatte es wohl Barbetrieb gegeben…Kein Problem…dachten wir!

Wenn da nicht der eigenartige süßliche Duft gewesen wäre…Na ja lüften war schon schwierig zumal es dann warm in den Räumen wurde…in der Künstlergarderobe im Separee.
(Welcome to the Cabaret)…richteten wir alles her…der Geruch und die Patina dachte ich. So…authentisch!
Zu authentisch wie sich herausstellte.

Denn die Garderobe sah doch sehr benutz aus, um es so auszudrücken und im Papierkorb fanden sich auch noch einige Überbleibsel
in Latexform,…nähere Details möchte ich ihnen wirklich ersparen…und dieser süßliche Geruch,

eine Mischung aus Schweiß und Sekt
gepaart mit stickiger Luft…Klar soweit?

***Das war gar keine Patina das war
authentisch, aber so was von
authentisch…!***

Der Barbetrieb war wohl immer noch
mit dem Status weiterer Dienstleistungen
verbunden um es einmal vorsichtig
auszudrücken und die Bardame hatte
wohl noch weitere Aufgaben…als
Liebesdienerin übernommen,
so scherzte ich.

Nicht so lyrisch brachte es dann Kristel
auf den Punkt:
*„Wir spielen im Puff, in einen Bordel
das voll in Betrieb ist"*
Na ja, sagte ich: Ein kleines Bordell?
Das fand sie nicht mehr witzig.
Da war keine Nostalgie mehr, das war
nur noch Wirklichkeit.

Kristel hatte genug und meinte das sie so was niemanden anbieten kann und will und stieg aus…Timor auch…doch das war mir dann eh egal, der kam ja eh immer zu spät.
So musste ich das Konzept und die Produktion buchstäblich wegen der dicken Luft im Ensemble und in der Spielstätte die sich ja nun als vollintakte und laufende Amüsierspelunke entpuppte, auflösen.

Durch den Ausstieg vom Kristel hatte sich nun auch erst mal „Nelly" erledigt, da sie ja die Produktionsleiterin war und auch die Besetzung bildete.
Ich beschloss Nelly zu machen, doch mit einer anderen Besetzung.
Wann wusste ich noch nicht.
Ob ich in Wien bleiben sollte wusste ich auch nicht, denn ich hatte ja nur noch einen Stückvertrag und der war ja am Volkstheater, mit Kinder der Sonne als Wiederaufnahme im September sonst eigentlich nichts.

Das war eigentlich zu wenig um in Wien zu bleiben. Doch es gefiel mir in Wien, ich hatte mich gut eingelebt, Freunde gefunden und auch ein schöne Quartier bei der Hans Moser Nichte und der Geist war voll bei mir angekommen. Ich hatte ja schon viel Erfahrung gesammelt und dennoch dachte schon darüber nach weiterzuziehen.

Mitte August begannen die Proben am Volkstheater für die Spielzeit 2012/13 und somit auch die Wiederaufnahmeproben für „Kinder der Sonne". Ich war natürlich dabei. Ich hatte ja einen Stückvertrag für weitere zehn Vorstellungen und wenn, so konnte ich ja wie so viele Gäste einfach mal einfliegen so meine Planung.

Die Wideraufnahmeproben begannen in der letzten Augustwoche auf der Hauptbühne und es war ein großes Hallo mit Wiedersehensfreude nach der Sommerpause.

Nach den Erfahrungen mit den Off Stücken wollte ich eigentlich nichts anderes als mit diesen Leuten den besten Kollegen mit denen ich bis dahin gespielt hatte einfach großes Theater auf die Bühne bringen.
Mit diesem Ehrgeiz tauchte ich ein.
Annett war frisch aus ihren Sommerstück zurück, sie konnte es einfach nicht lassen…wenn andere sechs Wochen brauchen um den Akku wieder aufzuladen spielt sie einfach weiter…
Die teuflische Spielsucht…(sic)
Etwa acht Wochen war die letzte Vorstellung her und die gesamte Ausstattung wurde nun wieder hervorgezaubert und eingerichtet.
Die Requisiten…der berühmte Tisch, die Leuchter, der Moder und die Kostüme…diese waren ja richtig gut eingespielt mit Moder und Muff.
Mir machte das erst mal nichts aus als ich feststellte dass mein Kostüm immer noch im selben Zustand war wie zu Ende der letzten Spielzeit.

Es muffte halt etwas und die
Kostümabteilung hatte das auch nicht
geändert oder vergessen die Kostüme
zu reinigen?
Das viel mir erst so richtig auf als wir
unsere Liebling Szene spielte also
Annette und Ich.
Die Bonny und Clyde Nummer…mit
dem Kopf an der Schulter
und dem Tisch vor sich…
Annett viel ein wenig aus der Rolle da
sie die Szene nicht so spielte wie sie
angelegt war…sie schmiegte sich
einfach nicht an den Arbeiter3.
Nun Annette ist ein sehr sensibler
Mensch der empfindlich auf Störungen
reagiert und so konnte sie das nicht so
durchziehen wie Lisa das tat.
Um es auf den Punkt zu bringen:
Ich stank in dem Kostüm wohl bis zum
Himmel oder zumindest bis zu Decke
des Bühnenturms!

So geht das nicht dachte ich mir…das
Kostüm musste gelüftet werden und die
Kollegin musste wieder
durchatmen können.
Am nächste Tag war
Wiederaufnahmepremiere und da musste
die Szene so was von wirken dachte ich
mir nur und ergriff die Regie
um die Szene zu retten.

Das Kostüm war dann schon gelüftet
und Grundgereinigt doch ich dachte mir:

*„Da muss mehr Duft her"*

Und so bekam es der Arbeiter3
auch…frisch geduscht mit herben Deo
versehen das Kostüm noch etwas mir
herben Deo nachbearbeitet, ging ich zum
Auftritt und es kam nach 70 Minuten
ohne das ich ins Schwitzen kam die
Lieblingsszene…
Lisa und Arbeiter3 in sinnlicher Pose.
Lisa näherte sich und brachte
sich in Position.

Da passierte es…Sie atmete kurz ein…dann tiefer und dann verfiel sie in ein zufriedenes Atmen.
Nun ja, Anette bzw. Lisa waren wohl ein Fan von herben sinnlichen Düften und so schmiegte sie sich zärtlich an Arbeiter3 und vergaß die ganze Welt um sich.
Für 5 Minuten…Arbeiter3 mit ihr.
Na ja ich weiß bis heute nicht ob sie den Trick bemerkt hat…ich glaube schon…wenn nicht habe ich wohl jetzt ein Gesprächsthema mehr mit ihr.
Die Szene war nun perfekt, wie spielten so perfekt das viel auch der Direktion auf.

Doch dazu später.

Für Ende September waren drei Rollen in Comedian Harmonist zu vergeben. Vorher sollte noch fleißig geprobt werden und natürlich musste man als Gast schon wieder vorsprechen.
Ich kam in die engere Auswahl war froh und wollte auch eine der Rollen.

Denn ich wollte ja bleiben.
Die Rollen um die es ging waren die drei Herren aus der Reichparteizentrale…also die Nazis in schwarzen Uniformen, Schaftstiefeln und bösen Blick. Ich ging hin hatte ja schon einen Bonus und bekam die Rolle…wahrscheinlich sah ich mit meinen hellen Augen der drahtigen Figur und den zurückgelegten Haaren so was von echt aus…
Also probten wie die Hamonists und spielten Kinder der Sonne. Einige Kollegen aus der Sonne waren auch bei den Harmonist dabei…der Botaniker und der Schlosser…Alex übernahm ein dutzend Nebenrollen ich ja nur eine…er brachte mir viel bei gerade bei dieser Produktion die Theatergeschichte schreiben sollte.
Auch Theatergeschichte sollte eine Produktion welche im Anschluss Mitte Dezember Premiere haben sollte.
„Im weißen Rössl"
Ein Klassiker der Operette!

Der Regisseur wollte eine etwas andere Interpretation haben das bekam ich schon auf dem Balkon mit, auf den tollen Balkon auf dem ich nun nach den Vorstellungen mit den Kollegen stand und Wein trank und rauchte du über Wien schaute.
Die Besetzung machte die Runde.
Und als ich Ende August erfuhr wer den süßen Pikkolo spielen soll, war mir so was von klar dass es eine etwas andere Inszenierung werden sollte…der Kollege ist nämlich so groß wie ich nur doppelt so breit und schwer…also das Gegenteil des Pikkolo…so wie die ganze Inszenierung wie sich herausstellen sollte. Doch dazu später.
Da wollte ich dabei sein…
das wäre es doch…!
Zumal es das gleiche Regieteam wie bei den Comedian Harmonists war und auch viele Kollegen mitspielten mit denn ich schon zusammenarbeitete, auch Annett.

Mein Wunsch drang wohl bis in die
Direktion vor, und da der Direktor auch
der Regisseur des Rössels war ließ man
mir über den Portier ausrichten das ich
doch einmal am nächsten Nachmittag
um 14 Uhr nach der Probe zu ihm ins
Büro kommen soll. Es war Ende August,
die Besetzungen eigentlich fest geplant,
so dachte ich.
Der Direktor mit dem ich Ja schon
fleißig an den Harmonist probte und dem
ich in Kinder der Sonne besonders in der
einen Szene…sie wissen
schon…gefallen habe…wie er sagte,
fragte mich ob ich nicht Lust hätte eine
Spielzeit fest am Haus zu arbeiten…ich
hatte ja schon zwei Produktionen und
was er so gehört habe wäre ich ja nicht
abgeneigt auch einen Rolle im Rössl zu
übernehmen….klar wollte ich wollte in
Wien bleiben und ich wollte am
Volkstheater spielen,
was und wie auch immer.

Und so kam es das ich einen festen
Vertrag für die Spielzeit 2012/13 bekam.
Im Internet unter Ensemble werden sie
mich allerdings nicht finden, das hat die
IT Abteilung wohl vergessen.
Allerdings finden sie mich in den
Besetzungslisten der jeweiligen Stücke
und Wahlberechtigt für den Betriebsrat
war ich dadurch auch…das sagt ja wohl
alles. Na ja genau genommen war ich
wohl Ergänzungsspieler.

Aber ich war nun fest für diese Spielzeit
2012/13 dabei. Es kam der September
und wir spielten frisch die „Kinder der
Sonne" und probten

„Die Comedian Harmonists"

Ich war angekommen in Wien und am
Volkstheater!
Was für ein Traum vom Theater!

Die Comedian Harmonists ist eine Revue mit viel Musik und meine Rolle war der Nazi…dafür hatte sich der Direktor etwas besonders einfallen lassen…die Nazis spielten nicht auf der Bühne sondern in der großen Loge rechts Balkonebene.

Diese Loge hat eine besondere Geschichte muss man dazu sagen…Sie wurde 1938 umgebaut und es wurde eine Anbau mit Zugang zur Loge errichtet. Das alles für den Führer der damals ja Wien heim geholte hatte…Deshalb wird sie auch Führerloge genannt…Benutzt hat er sie wohl nie…doch egal…viele Nazis haben sie aber benutzt und deshalb kam der Direktor auf die Idee das in diesem Stück die Nazis…
so wie damals in der Loge sitzen und Ärger machen…so etwas wie historisch- kritisch- politisch.
Der Herr aus der Reichsparteizentrale hatte zwei Szenen und die Herren kamen ja auch erst nach der Pause…

Dies war jedoch hochbrisant und eigentlich eher eine Gimmick-szene…nicht für die Zuschauer in Wien…wie sich herausstellte.

Die Herren werden nach der Pause stilecht vom Abendspielleiter eine der 12 Rollen von Alex, begrüßt und das Publikum aufgefordert die braun-schwarzen Herren mit einen herzlichen Applaus willkommen zu heißen….alles sehr nah dran an der Realität denn in der Loge befand sich auch Publikum, also integrierte Szene mit echten Publikum und keiner wusste wie das besagte Publikum reagieren würde wenn plötzlich die Scheinwerfen auf die Loge fielen und drei Herren in Schwarzer Uniform aufstanden und
ins Publikum grüßen.
Eigentlich eine Provokation vor allem in Wien…aber das war ja auch so geplant.
Wir probten diese Szene immer und immer wieder.

Wir wussten aber natürlich nicht was passieren wird wenn das mit einbezogene Publikum darauf reagiert. Ich ließ es auf mich zukommen den der Direktor meinte das man da eh immer anders reagieren müsse als Spieler und ich das schon hinbekäme flexibel zu sein…Wir waren gespannt…und die erste Reaktion kam ja auch bei der öffentlichen Generalprobe mit anwesender Fotopresse…
Der Begrüßung folgte das Erscheinen der Herren in der Loge… alles schaute zu uns hoch…ein Raunen ging durch die Zuschauer und dann ein Schweigen…Nazis im Volkstheater und so authentisch wie im Jahre 1938…so war es ja auch inszeniert. Es wurde still so ungefähr 5 Sekunden…
Dann hörte ich nur noch das Klicken der Kameras und das damit verbundene Blitzlichtgewitter…die Reporter waren erst geschockt du dann fasziniert welche Bilder sie von der Generalprobe erbeuteten.

Es ist wohl gelungen das Possenspiel und ich spielte mit und ging voll in meiner Rolle auf…mit arroganten Blick und fiesen Grinsen auf den Lippen des Parteifunktionärs den ich nun darstellte….genau so war er angelegt auch in der Zweiten Szene wo Alex den Gestapo Beamten spielt der mit mir und den anderen Herren einfach mal die Vorstellung unterbricht und das Theater mit Symbolen und Flaggen einnehmen, wie 1938 eben…gelebte Geschichte mit original Charakteren…also keine Karikaturen über die man lacht sondern so was von erst rübergebracht…so fühlte ich es auch und so spielte ich es auch. Gespenstisch…weil es genauso gewesen sein musste in der dunkelsten Zeit Wiens und des Volkstheaters.
Gelebte Geschichte eben.
Die Premiere kam und das Stück wurde ein Riesenerfolg. Parallel spielte ich nun zwei Stücke und die Proben für das dritte liefen an.

Ich war mittendrin ich war ein Teil des Profitheaters wie es ebenso ist…Proben und Spielen und so muss es sein.

Da man allerdings immer nur 2 Produktionen auf einmal spielen kann, also auf diesem hohen Niveau, kam der Tag der Demniere also der letzte Vorstellung von „Kinder der Sonne" immer näher.

Es muss wohl Anfang November gewesen sein…Als wir die letzte Vorstellung, die im Übrigen sehr gut besucht war, dieser Inszenierung am Volkstheater spielten.

Man muss dazu sagen dass es üblich ist vor allen an so traditionsreichen Häusern in die letzte Vorstellung einige Gags zu machen…

Wir erinnern uns an Marburg?

Wir erinnern uns an Wilhelm Tell?

So in der Art.. nur das wir sie selbst machten also ich auch…so sicher und gefestigt war ich schon…sehen sie.

Nun ich bin kein Freund
von Übertreibungen also lege ich mir
immer ein Limit…und dieses Limit
heißt:
Alle gute Dinge sind drei!
Drei Gags, drei leichte Abänderungen.
Die erste war eher ein Running Gag also
ich tat eigentlich nur das was der
Kollege, in diesem Fall Arbeiter4, so tat
ich mimte ihn nach, der machte mit und
es gab schon das eine oder andere
Grinsen im Ensemble.
Dann als zweites bei meiner absoluten
Lieblinszene..Arbeiter3 in Pose mit Lisa
und dann Abgang…nein mit Annette hab
ich keinen Gag gemacht…
wäre ja auch unpassend.
Sondern beim Abgang selbst…
Normal verschwindet der Arbeiter3 sang
und klanglos im Off bevor er als
Kämpfer der Revolution zurückkehrt die
Dachlatte in der Hand, mit schmutzigen
Lehmverklebten Gesicht, und mit den
anderen den Botaniker über die Bühne
jagt und diese verwüstet.

Jetzt wissen sie auch wie es nach meinen
Abgang weiter geht (sic)
Diesmal blieb Arbeiter3 plötzlich
stehen…das kam noch nie vor…!
Die anderen schauten mir normalerweise
geschockt hinterher.
Die verlassene Lisa ganz traurig!
Diesmal drehte ich mich nochmal um
und…winkte…ganz ernsthaft ich winkte
in die Szene zum Abschied…Ich weiß
nicht mehr genau aber ich denke mich
daran zu erinnern dass jemand
zurück gewunken hat.

Der dritte und letzte Gag folgte bei der
Revulotionsszene. Denn der Lehm den
wir im Gesicht hatten eignete sich
hervorragend um kleine Diktator Bärte
zu malen…! Also im Stil des Herren
der eigentlich mal in der Loge residieren
sollte…Eingefallen ist das dem Kollegen
Reck der den Botaniker spielte und nun
auch bei den Harmonists…als quasi eine
kleine Huldigung an meine Rolle in der
laufenden Produktion.

Ich hab ihn mitgemacht…aber natürlich, als ich an der Vorderbühne spielte den Diktator Bart diskret wieder weggewischt…So das die Zuschauer von dem Gag an sich nichts mitbekommen haben…denke ich zumindest.
So viel Ordnung muss schon sein.
Im Anschluss bei der Applausordnung gab es noch einmal Riesenapplaus und sogar Jubelrufe und ich war in diesem Moment wohl ganz angekommen in meinen Zauberkasten.

Das war sie:

*„Die Magie des Augenblickes"*

Doch das Theaterleben ging weiter, mit Proben zum Rössl und Vorstellungen der Harmonists. Die Logenszene uferte inzwischen aus und das Publikum spielte unbewusst mit. Sie applaudierten teilweiße wirklich den Heeren in der Loge! Andere Wiederum buhten uns teilweise wütend aus!

Ich reagierte darauf entweder mit einen gönnerhaften Lächeln oder aber, was mir zugebener Maße noch besser gelang, mit einem arroganten Grinsen, wenn das Publikum die Nazis so gar nicht in ihren Theater haben wollte…ich war voll in der Rolle, wie sie merken.
Doch nun probten wie fleißig am Weißen Rössel, einer Legende des Musiktheaters. So eine richtige schöne Operette mit bunten Kostümen und kitschigen Klischees….Zuckersüß
Doch sie ahnen es…nicht in dieser Produktion. Ich ahnte es ja bereits als ich die Besetzung des Pikkolos erfuhr doch hier war alles anders, so gegensätzlich
Was viele nicht wissen ist das fas Weiße Rössel als Auftragsarbeit für Berlin entstanden ist als Unterhaltungsstück Anfang der 30er Jahre also lang nach der Operettenzeit. Der Autor ging nach dem Motto vor „Wenn schon dann richtig und schuf ein Werk das operettenhafter als jede Operette ist.
Jedes Klischee wird hier bedient.

Also wurde das Rössel so richtig vom Direktor auseinander genommen…Eigentlich spielt es im Sommer…bei uns im Winter…Eigentlich im Sommer 1913…bei uns in den 50er Jahren und eigentlich gibt es ja auch den Kaiser….aber in den 50er Jahren? Eben! Also wurde die Figur des Kaisers kurzerhand in einen Feuerwehrkommandanten umfunktioniert. Sein Name: Emperer…

Meine Rolle ist eigentlich der Adjutant des Kaisers…eigentlich…
und das es nun den Kommandanten gab war ich nun…Feuerwehrmann…nun ja Uniformen müssen schon sein…
Mit dabei waren viele Kollegen mit denen ich schon gespielt hatte so auch der wackere Poldi der den Arbeiter5 gespielt hat und nun den anderen Feuerwehrmann spielte. Wir teilte uns auch eine Garderobe.

Ottilie spielte Annett und den Dr. Siedler
der Tenor aus den Harmonists.
Diese beiden haben ja einige schöne
Szenen wie z.B. die Walzerszene
„Mein Liebeslied muss ein Walzer sein"
(Robert Stolz)
Nun ich gebe hier nun das eine Beispiel
welches Exemplarisch für diese etwas
andere Inszenierung ist…bei dieser
Szene „Mein Liebeslied muss ein Walzer
sein (Robert Stolz)" wird gar nicht
getanzt. Sie spielt im Hotelzimmer und
Ottilie und Dr. Siedler machen
Liebesspiele beim Gesang die darin
gipfeln das Dr. Siedler die Augen
verbunden werden und anschließend ans
Bett gefesselt wird also von
Ottilie….gespielt von Annett, der es
offensichtlich nichts ausgemacht hat,
denn sie hat jeden Ton getroffen.

Der Direktor und seine Assistentin
kamen aus dem Grinsen
gar nicht mehr heraus.

Ich dachte mir nur:

*"Mensch Christian du bist dabei…
hier wird echte Theatergeschichte
geschrieben…!"*

Wie auch immer die nun Aussieht…
Ich spielte also den Feuerwehrmann
den ich sehr smart anlegte.
Eine freche Figur eben.
Die Premiere war Mitte Dezember und
wie es zu erwarten war und wohl auch
gewollt war das Wiener Publikum sehr
gespalten um es mal so auszudrücken.
Nach der Pause waren einige gegangen.
Andere wiederum fanden es
erfrischend…So sahen dann auch die
Pressekritiken aus.

Nun ich sage mal für meinen Teil
außergewöhnlich, wie ich es erwartet
hatte wir nahmen das Rössl so richtig
auseinander und alle waren voll dabei
und voller Spielfreude.

Wir spielten uns sehr gut ein und ich muss zugeben das es ein Heiden Spaß für mich war.
Denn…eigentlich sind ja alle Inszenierungen des Weißen Rössl gleich. Zucker Versionen wie in Stadttheater Baden, bei Wien z.B.
Dort wo die Operette praktisch geboren wurde.
Nicht bei uns wir sind ja schließlich das Volkstheater und in diesem Sinn und in diesem Geist spielten wir es auch…ich für meinen Teil hab es voll und ganz genossen. Also spielte ich mit ganzen Herzen meine Produktionen.

Auch Nelly Goodbye konnte ich neubesetzen und wir machten schon Vorproben. Zuerst in einem Proberaum am Naschmarkt, denn haben wir allerdings dann getauscht weil wir tief im Keller feststeckten da die Tür nicht mehr aufging…kein gutes Omen? Nach 3 Stunden wurden wir dann befreit.
Doch zu Nelly später.

Es wurde Weinachten und es wurde so herrlich wundervoll in Wien. Ich fuhr über die Feiertage nach Wiesbaden allerdings spielte ich dann am 2. Feiertag wieder im Rössel und einen Tag später die Hamonists so wechselte sich das ab. Silvester verbrachte ich mit Kollegen an der alten Donau…mit Sekt und Feuerwerk und begrüßten ausgelassen 2013, in der Gewissheit ein sehr gutes Jahr gehabt zu haben.
Doch es sollte weitergehen…und wie es weiterging. 2013 sollte ein weiterer Meilenstein werden!

## Donauwellen, Winnetou und ein weißes Ross

Da war ich nun in Wien, war voll integriert und das Leben nahm so seinen Lauf. Um zu verstehen was nun diese Überschrift bedeuten soll bzw. in Sachen praktische Tipps, gibt es nun erst mal folgende äußerst wichtige Informationen… falls sie es noch nicht wussten.

Zur Info:

### I.

*„Die* **Donau** *ist mit einer mittleren Wasserführung von rund 6855 m³/s[2] und einer Gesamtlänge von 2857 Kilometern[1] nach der* Wolga *der zweitgrößte und zweitlängste Fluss in* Europa*. Der* Strom *entwässert weite Teile Mittel- und Südosteuropas. Er verbindet als Wasserweg sehr heterogene Kultur- und Wirtschaftsräume und durchfließt dabei*

*zehn Länder (Deutschland, Österreich, Slowakei, Ungarn, Kroatien, Serbien, Bulgarien, Rumänien, Moldawien und Ukraine) – so viele wie kein anderer Fluss auf der Erde.*

*Die Donau führt ihren Namen ab der Vereinigung zweier Quellflüsse, der Brigach und der größeren Breg, die beide im Mittleren Schwarzwald entspringen. Sie durchquert drei große Beckenlandschaften: das nördliche Alpenvorland und das Wiener Becken (Oberlauf), die Pannonische Tiefebene (Mittellauf) und das Walachische Tiefland (Unterlauf). Die trennenden Gebirge durchschneidet sie in Engtälern, deren bekannteste Abschnitte der Donaudurchbruch bei Beuron, die Wachau, die Hainburger Pforte (auch Preßburger Pforte) und das Eiserne Tor sind. Der Strom mündet über das ausgedehnte Donaudelta ins Schwarze Meer*
*Das Donautal und seine*

*Nebenlandschaften bilden den <u>Kernraum Österreichs</u>: Es umfasst zwar nur etwa 15 Prozent des Staatsgebietes, aber ungefähr die Hälfte der acht Millionen Einwohner leben hier, davon allein zwei Millionen in der Metropolregion <u>Wien</u>."*

## *II.*

*"**Winnetou** ist eine berühmte Gestalt aus dem gleichnamigen Roman und anderen Werken des deutschen Autors <u>Karl May</u> (1842–1912), die im <u>Wilden Westen</u> spielen. Bei dieser Figur handelt es sich um einen fiktiven <u>Häuptling</u> der <u>Mescalero</u>-<u>Apachen</u>. Winnetou verkörpert den <u>edlen</u>, guten <u>Indianer</u> und kämpft mit seiner "Silberbüchse" auf seinem Pferd <u>Iltschi</u> für Gerechtigkeit und Frieden. Dabei wird er meistens von seinem weißen Freund und <u>Blutsbruder</u> <u>Old Shatterhand</u> begleitet, aus dessen Sicht als Ich-Erzähler die Geschichten um Winnetou oft verfasst sind.*

„Sein Name wird ausgesprochen Winneto-u."

## III.

*„Ein **Schimmel** ist ein weißes Pferd beliebiger Rasse. Auch Pferde, deren Fell durch zahlreiche weiße Stichelhaare aufgehellt ist, werden Schimmel genannt. Im engeren Sinne ist ein Schimmel ein Pferd, das mit beliebiger Fellfarbe geboren wird und aufgrund des Grey-Gens im Lauf der Jahre weiß wird (ausschimmelt). Jeder Träger des Grey-Gens ist ein Schimmel und kann das Gen vererben".*

*Ach ja, wo wir schon mal dabei sind auch noch folgende wichtige Info:*

## IV.

*„Die **Donauwelle** ist eine <u>Torte</u> aus <u>Rührteig</u> mit <u>Sauerkirschen</u>, <u>Buttercreme</u> und <u>Kakao</u>. Sie besteht aus hellem und*

*dunklem Teig, der den Wellengang der Donau andeuten soll.*

*Anders als übliche Torten wird die Donauwelle meist auf einem Kuchenblech gebacken und in rechteckigen Stücken serviert.*

*Nach der Zubereitung des Basisteiges wird zuerst eine Hälfte in die Form gegeben, anschließend färbt man den Rest mit Kakaopulver und gibt ihn darüber. Danach wird der Teig mit <u>Sauerkirschen</u> belegt und gebacken. Die wellenförmigen Verwirbelungen zwischen den verschiedenfarbigen Teigen entstehen durch das Eindrücken der Kirschen. Darüber kommen eine Creme auf Butter- oder Puddingbasis und die Glasur aus Kuvertüre oder Schokolade, die mit einer Gabel wellenartig verziert wird. Wenn man die Torte anschneidet, wird an der Schnittkante die wellenartige Struktur sichtbar.*

*Zusammen mit dem Wellenmuster im Schokoladenguss begründet das den Namen „Donauwelle"*

*(I, II, III und IV- Quelle Wikipedia)*

Rezept?

Wie jetzt?

Sie wollen auch noch so etwas wie einen praktischen Nutzen?

Nun gut, ich habe da mal was vorbereitet:

Man nehme:

Die Donauwelle

- **550 g Margarine (zimmerwarm)**
- **300 g Zucker**
- **1 Päckchen Vanillezucker**
- **5 Eier**
- **350 g Mehl**
- **1 Päckchen Backpulver**

- 1 Prise Jodsalz
- 2 EL Back Kakao
- 510 ml Milch
- 1 Glas (Abtropfgewicht 350 g) Schattenmorellen
- 1 Beutel Kochpuddingpulver mit Vanillegeschmack
- 1/2 Zitrone
- 200 g Zartbitterschokolade

**Und so wird es gemacht:**

1. Backofen auf 180 °C (Umluft: 160 °C) vorheizen. Backblech mit Backpapier auslegen oder fetten. 250 g Margarine, 200 g Zucker und Vanillezucker mit den Quirlen des elektrischen Handrührers zu einer hellen Masse schlagen. Eier-nacheinander-unterschlagen.

2. Mehl, Backpulver und 1 Prise Salz gründlich vermischen und unter den Teig rühren. Etwas mehr als die Hälfte des Teigs aufs Blech streichen. Restlichen Teig mit dem Kakaopulver und 1 EL Milch glatt rühren. Dunklen Teig über den hellen Teig aufs Blech geben und mit einer Gabel-spiralförmig-durchmischen.

3. Kirschen gut abtropfen lassen, auf den Teig verteilen und leicht eindrücken. Im vorgeheizten Ofen ca. 30-40 Minuten goldbraun backen. Komplett-abkühlen-lassen.4. Inzwischen für die Creme 75 ml Milch abnehmen.

4. Puddingpulver und 100 g Zucker mischen, zugeben und mit dem Schneebesen glatt rühren. Restliche Milch zum Kochen bringen, aufkochen und vom Herd nehmen. Puddingpulver mit dem Schneebesen einrühren. Pudding wieder auf den Herd stellen und unter Rühren 1-2 Minuten kochen lassen. Abkühlen lassen (aber nicht in den Kühlschrank stellen), dabei gelegentlich umrühren.

5. Zitrone heiß abspülen und trocken tupfen. Die Schale fein abreiben und den Saft auspressen. 250 g Margarine, Zitronenabrieb und 3 EL Saft mit den Quirlen des Handrührers cremig aufschlagen. Abgekühlten Vanillepudding portionsweise unterschlagen.

Vanillecreme auf den Kuchen streichen, den Kuchen mindestens 30-Minuten-kalt-stellen.

6. Schokolade grob zerkleinern. Mit 50 g Margarine im Topf bei kleiner Hitze schmelzen. Etwas abkühlen lassen, über die Vanillecreme verteilen, vorsichtig verstreichen. Die Donauwelle erneut kurz kalt stellen.

- Vorbereitungszeit:
  - **60 min.**
  - Backzeit:
- DANK AN SANELLA!
  - **40 min.**
  - Kühlzeit:
  - **60 min**

Ein Theaterstück zu proben dauert weitaus länger…!

Wo waren wir? Ach ja gute Brücke….

Ein Theaterstück zu proben und es auf die Bühne zu bringen dauert weitaus länger…in der Regel 6 Wochen…In der Regel, und da jede gute Regel ihre Ausnahme hat dauerte es bei „Nelly Goodbye" von Lutz Hübner, so etwa ein Jahr, von der Planung bis zur Premiere.

Das hatte so seine Gründe, nicht nur der Schwierigkeitsgrad 9 auf der Skala 1 bis 10, wie Alex es so treffend anmerkte, auf dem Balkon, beim Wein, nach einer Vorstellung von Kinder der Sonne am Volkstheater.

Doch dazu später.

Erst einmal hatte ich den typischen Künstleralltag in Wien zu bewältigen.

**Ablauf:**

9 Uhr aufstehen... ins Bad...Frühstücken.

9 Uhr 45 auf dem Weg in Richtung Volkstheater.

10 Uhr Proben, lesen oder was man sonst so macht.

14 Uhr Probenende. Besuch des Kaffeehauses.

18Uhr Besuch der Kantine und Vorbereitung auf den Abend.

**Vorstellung oder Probe, bis ca.22Uhr**

**In Anschluss Künstlertreff auf dem Balkon der Roten Bar mit diversen Getränken, Informationsaustausch..!**

**Aufbruch zur Unterkunft 24Uhr!**

**Nachtruhe Ein Uhr.**

Ach ja, Sonn und Feiertags gibt es keine Probe. Da geht man nur ins Kaffeehaus.

Bevor es in die Kantine geht um anschließend davor oder danach die Vorstellung zu spielen.

**Hört sich irgendwie auch nach Rezept an!**

Nun ja so, aber nur so, konnte man einen geregelten Alltag als Künstler in Wien auf die Reihe bekommen ohne von einer Donauwelle oder so etwas mitgerissen zu werden und in den Fluten der Bedeutungslosigkeit zu versinken.

Ich jedenfalls hatte eine Bedeutung gefunden obwohl ich natürlich weiß das gerade am Theater alles so vergänglich ist, aber nur um etwas neues zu beginnen. Der Lauf der Dinge eben.

„Willkommen und Abschied", wie es so schön bei Goethe heißt. Ich spielte mit Poldi und Annett im "Weißen Rössl".

*„Ruft die schöne Wirtin mir*
*"Willkommen" zu,*
*wird jeder Tag im Nu*
*zum Feiertag!*
*Sie ist für mein Herz die allerbeste Kur,*
*es ist kein Märchen nur,*
*was ich Dir sag:Im Weißen Rössl am*
*Wolfgangsee,*
*Dort steht das Glück vor der Tür,*
*und ruft dir zu: "Guten Morgen,*
*tritt ein und vergiss deine Sorgen!"*
*Und musst du dann einmal fort von hier,*
*tut dir der Abschied so weh;*
*dein Herz, das hast du verloren*
*im Weißen Rössl am See."*

<u>Ralph Benatzky</u> **- Im Weißen Rössl am Wolfgangsee (Im Weißen Rössel)**

Diese besondere Inszenierung, diese freche Parodie auf eine Operettenparodie…die aber die breite Masse wohl nicht so ganz verstand. Nun ja wie schon erwähnt, bei uns sah das eben alles etwas anders aus.

Die Parodie der Parodie eben.
„Das Rössel" lief eigentlich ganz gut, obwohl es unter den Erwartungen der Direktion blieb, was die Auslastungszahlen angeht. Immer so 50%... was in Zahlen ausgedrückt, so etwa im Schnitt 500 Zuschauer sind.

Wow! 500 Zuschauer! Raunt da der deutsche Dramaturg in der Ostdeutschen Theaterprovinz

Ok Kollege, kurze Erklärung: Dein Haus hat ja „nur" vierhundert Plätze, was eigentlich die Norm für ein normales Schauspielhaus ist. Dies hier ist aber kein normales Schauspielhaus, kein normales Theater, dies ist das Volkstheater in Wien.

*„Es folgt eine Information"*

„Das **Volkstheater** (ehemals *Deutsches Volkstheater*) ist ein 1889 nach Entwürfen von Hermann Helmer und Ferdinand Fellner erbautes Theater, im 7. Wiener Gemeindebezirk Neubau in der Neustiftgasse 1. Es befindet sich gegenüber dem [Naturhistorischen Museum](Naturhistorischen Museum) in Nachbarschaft des [Museums Quartiers](Museums Quartiers) und des [Spittel Bergs](Spittel Bergs) und ist eines der größten Theater im deutschsprachigen Raum,, (Wikipedia)

Ursprüngliche Platzanzahl: **1600-**
Aktuelle Platzanzahl: **1000-**
**Alles klar Kollege?**

Gut jetzt kann man sagen:
„Ist das noch Zeitgemäß?"

Nun ja, dieses Theater stammt halt aus einer Zeit als es nur Bühnenunterhaltung gab… kein Kino…kein Radio… kein Fernsehen und gar kein Internet…aber heute?

Nun in Wien da gehen die Uhren etwas anders, ein anderer Maßstab eben.
Fünfzig Prozent Auslastung am Volkstheater sind nun mal…500 Zuschauer, das ist alles relativ.
Außerdem sind wir in Wien und nicht in Warnemünde!

Klar soweit?

Mit Alex, dem guten Kollegen Reck und den anderen spielte ich ja in den „Comedian Harmonists".
Und wie war hier nun die Auslastung…?

Achtung bitte anschnallen….

"Werte Damen und Herren, Madame de Moussier, Ladys an Gentleman,

Liebe Kollegen…Die Zahl lautet: 98%!

IN Worten: **ACHTUNDNEUNZIG!**

Na mal nachgerechnet? Genau!…980 Zuschauer im Schnitt!

Gegen diese Teufelstruppe ist „das Rössel" ein lahmer abgehalfterter Ackergaul…also laut Statistik.

Zurück zur Realität: Ich spielte, probte Konzepte und arbeitete an der Umsetzung von „Nelly Goodbye".

Ich hatte nur fünf Minuten Weg zum Volkstheater, von meiner Unterkunft in der Privat Pension der Moser Nichte, in der Josefs Gasse. Ich war etabliert…!

Das war der Stand der Dinge
in jenem Januar 2013

Nun Willkommen und Abschied…was meine Wohnmöglichkeit betraf so trat dieser Fall sehr schnell ein. Ich wohnte ja nun schon über 1 Jahr dort…also was sollte sich ändern? Nun es begab sich das die Mosers natürlich noch mehr waren, also Anzahl mäßig, also nicht nur die nette alte Nichte die die große Etagen Wohnung ja innehatte.

Einer ihrer Söhne lebte samt Großfamilie in den USA…und nun aus irgendwelchen Gründen packte ihn die Sehnsucht und er kündigte an das Wien wieder auf ihn warte und er samt Frau und der im Studien Alter befindlichen gemeinsamen 5 Kindern wieder nach Wien kommen würde.

Er sei ja immer noch in Wien in der Josefs Gasse gemeldet und dort wäre ja genug Platz.

*Oh Mann, "Mensch Christian" dachte ich so bei mir...er hatte wohl auch denn Billy Joel Song gehört...und zwar in einer sehr hohen Dosis...bitte nicht...leider doch..!*

*"And you know that*

*when the truth is told*
*that you can get what you want or you can just get old*
*You're gonna kick off before you even get halfway through*
*Why don't you realize,. Vienna waits for you!*
*When will you realize, Vienna waits for you?"*

*Er realisierte das ganz und gar!* Und so zog er zum 1. Februar ein, mit Kind und Kegel und mit allem Drum und Dran.

*"So ein Schass"...(Hans Moser)*

Die Privat Pension wurde faktisch aufgelöst.

Vorbei war es mit der kurzen Wege Zeit…zum Volkstheater.
Ich musste mir etwas Neues suchen.
„Such und find" hieß nun die Devise!
Ich suchte im Eiltempo und
Ich fand relativ schnell.

Ich wurde also fündig…am Prater, in einem 60er Jahre Bau im 7. Stock mit Blick auf den Donaukanal und eine Hauptstraße.

Dort wohnte Hans…ein Künstler aus Düsseldorf. Und dieser suchte einen Mitbewohner und fand ihn in mir…eigentlich sah er ganz harmlos aus, so Typ Teddybär. Der auch gerne mal Gitarre spielt. An seinem Klingelschild an der unteren Eingangstür stand sogar „Chuck Berry".

Ein lustiger Spinner eben…und eigentlich ganz harmlos, dachte ich mir.

Nun ja mit dem eigentlich habe ich ja so meine Erfahrungen…!

Doch dazu später!

Ich zog also ein und das Künstlerleben konnte weiter seinen Lauf nehmen.

Nur das ich ab Februar nun 15 Minuten Wege Zeit zum Volkstheater hatte und das nicht zu Fuß sondern mit dem Bus… Doch alles im grünen Bereich wie man so schön sagt.

Ich hatte ja genug zu tun und es wurde März.

Neben den Sachen am Volkstheater bekam ich die Regie von „Lutz Hübners Nelly Goodbye" welche in den Bezirken genauer gesagt im 7.Bezirk im Schubert Theater im April Premiere feiern sollte. Dies passierte auch dann.

Das Schubert Theater ist ein kleines Haus in den Hauptsächlich zeitgenössische Werke gespielt werden

vor allem mit Menschen und Puppen.
War das mal was?
Egal, meine Inszenierung passte dort hin.Das Problem war der Proberaum…nachdem der Raum am Naschmarkt ja unbrauchbar geworden war weil keiner des Ensembles dort nochmal eigesperrt sein wollte, suchte ich was Neues. Ich hatte ja eine Supertruppe zusammen, junge Schauspieler die allesamt spielen und auch meinen Anforderungen entsprachen was das musizieren anging also eine Rockband wie im Stück selbst. Ich musste zwar innerhalb des Ensembles die Titelrolle wechseln aber sonst war es perfekt. Das war vor allem der Verdienst meiner Assistentin Lia. Lia organisierte nicht nur, sie spielte auch die Nelly, also die Sängerin und sie übernahm die Produktionsleitung.

Ich konnte mich diesmal voll auf das Inszenieren konzentrieren und beweisen dass ich auch ein guter Regisseur bin. Was bei diesem Schwierigkeitsgrad auch erforderlich und eine Herausforderung ist. Ich nahm diese voll und ganz an.

Ich hatte eine Idee…das Stück spielte ja zu 90% in einem Proberaum…Wie groß war die Bühne im Schubert? Ich maß nach. Spielfläche 6x6m…Da kam mir der Einfall…Eine Erleuchtung… Lia und ich gingen zu dem von ihr rescherschierten Probehaus und ich fragte einfach mal nach ob sie einen Probe raum haben der 6x6 Meter sei…Klar soweit?

Sie hatten und der war auch für die nächsten vier Wochen frei. Und so konnte ich praktisch auf dem Mäßen des Schuberttheater eins zu eins Proben und nicht nur das. Im Prinzip hatte ich auch schon das Bühnenbild…einen authentischen Bandproberaum mitten in Wien!

Ich brauchte den Probenraum dann nur noch für die Endproben und die Vorstellungen eins zu eins zu ins

Schuberttheater zu
übertragen…Eigentlich
genial…Eigentlich?

Diesmal ohne eigentlich…bitteschön…

Das Stück an sich ist vom Thema her das schwerste was Hübner, meiner Meinung, nach geschrieben hat. Die Thematik möchte ich eigentlich nur in fünf Worte fassen:

„Der Tod und das Mädchen"

Eine Inhaltsangabe besorgen sie sich bitte selbst in einer der Suchmaschinen:
*„Nelly Goodbye von Lutz Hübner"*
da finden sie ihre Antworten und eine Satire ist dies nun mal ganz und gar nicht.

Die Band ließ ich Deutsch Rock spielen vor allem weil die Texte schon sehr viel transportieren.
Ich habe die komplette Musik von einer Gruppe genommen deren Texte perfekt

in den Kontext passen bzw. ich habe sie passend gemacht.

„Luxuslärm" heißt die Band und ihre Lieder passten perfekt.

„Leb deine Träume"-

„Nichts ist zu spät"-

„1000Kilometer"

„Carousel"

„Unsterblich"

So heißen die Lyriken, passend zum Kontext.

Lyrischer Realismus-eben, das passte und das transportierte. Mein Konzept ging auf und ich meisterte den Schwierigkeitsgrad 9 von 10, wie Alex meinte.

Die Premiere Ende April war ein voller Erfolg. Das vor allem junge Publikum, war begeistert und gerührt.

Wir hatten sieben Vorstellungen für die Spielzeit im Schubert angesetzt, allesamt nahe zu ausverkauft.

Ein Erfolg für alle Beteiligten. Alex und Poldi und auch der Direktor gratulierten mir und dem Ensemble zu einer außergewöhnlichen Leistung wie es hieß. Es wurde meine bis dahin beste Inszenierung. Schwierigkeitsgrad Neun. Von Zehn sage ich nun ein letztes Mal…Die 10 spare ich mir noch auf.

Wir spielten Nelly dann noch in Baden…allerdings war die Nachfrage in Baden bei Wien nicht so groß. Wer die Altersstruktur dort kennt weiß warum…da ist man wohl zu sehr dran am Thema, um es einmal etwas böse auszudrücken,  da geht mal lieber in die Zuckerversion des „Weißen Rössl"
*„Da ruft man beschwingt „guten Morgen" und vergisst seine Sorgen…"*
Für ein solches Publikum ist „Nelly Goodbye" einfach nicht gemacht.

Der Mai ging dann auch und der Sommer stand vor der Tür. Ich spielte weiter munter meine Produktionen und hoffte auf die Verlängerung meines Vertrages am Volkstheater.
Das Vertragsjahr war ja nun nahe am Ende angekommen und der Direktor verhandelte hart mit dem Stiftungsrat um Stellen und Budget.
Zu den Resultaten dazu später.

Ich wollte aber auch einmal Sommertheater spielen so wie die Kollegen und so wie Annett. Ein richtiger Schauspieler sein und in Österreich gehört es eben dazu das man dann im Sommer in eine Openair-, möglichst Großproduktion mitspielt…ich wünschte es mir so sehr.
Mein Wunsch wurde so schnell Wirklichkeit, so schnell wie ich es kaum vermutet hatte.
Es wurde noch ein Schauspieler für eine der Hauptrollen in einem Karl May Stück bei den dortigen Festspielen gesucht, in Niederösterreich,

vor den Toren Wiens. Vorproben in Wien. Bühnenproben in der Anlage…Es wurde ein Schauspieler gesucht der Reiten kann. Das hatte ich ja schon früh gelernt…zwar nicht mehr praktiziert aber egal gelernt ist gelernt. Ich traf mich mit dem Regisseur du ich bekam die Rolle…ein Indianer Häuptling!

Die Produktion hieß:
„Der Schatz im Silbersee"
von Karl May.

Spielort: Niederösterreich
Koordinaten:
☿ 48° 31′ N, 15° 29′ O
(Navigieren sie mal schön)

Sommertheater, Westernromantik mit Winnetou, Old Shatterhand und Pferden, vielen Pferden auch weißen Pferden.

Meine Rolle:

„Großer Wolf" der böse Indianer Häuptling.

Premiere: Ende Juli.

Probenbeginn: Mitte Juni.

Spieltermine: Den ganzen August.

Indianer? Na ja eigentlich nicht mein Ding, ich war schon immer lieber der Cowboy oder der Sheriff…oder der Desperado oder…na ja egal ich war im großen Sommertheater und es sollte ein heißer Sommer werden. Doch noch war es Mai und noch wohnte ich am Prater mit Hans und noch spielte wir im weißen Rössel---Noch.

*„Im Prater blüh'n wieder die Bäume*
*In Sievering grünt schon der Wein*
*Da kommen die seligen Träume*
*Es muss wieder Frühlingszeit sein*
*Im Prater blühn wieder die Bäume*

*Es leuchtet ihr duftendes Grün Drum küss, nur küss nicht säume*
*Denn Frühling ist wieder in Wien*

*Kinder schaut zum Fenster raus*
*Mutter da guck hin Lacht die Sonn' uns alle aus*
*Ist denn das mein Wien*
*Mal schien in dein weißes Kleid*
*Mit dem blauen Band*
*Kinder es ist höchste Zeit*
*Fahr'n wir heut aufs Land*
*Heut greif ich ins Portemonnaie*
*Dass mein Wien ich wiederseh'*
*Drum küss, nur küss nicht säume*
*Denn Frühling ist wieder in Wien"*

(Robert Stolz)

*Einmal die Augen schließen und Träumen...*

**Richtig rosig und richtig gut.**

Nicht so traumhaft stand es um meine
Wohnsituation. Wie sich herausstellte
litt Hans unter unkontrollierbaren
Wutanfällen und er stand wohl auch
unter Aufsicht.

Eine Tages zerlegte er am Abend
kurzerhand die Küche.
Ich zog es nun vor die Nacht an einem
Sicheren Ort im Prater zu verbringen,
bis er sich beruhigt hatte.
Am nächsten Tag war niemand mehr
in der Wohnung!

Die Nachbarn berichteten mir dass man
einen dicken Deutschen in der Nacht
abgeholt habe, mit Polizei und
Krankenwagen und ihn wohl ins Spital
zur Weiterbehandlung verbracht habe.

Nun so viele dicke Deutsche gab es da
nicht die des Nachts randalieren,
schon gar nicht am Prater.

Der Hans hatte es zu weit getrieben.

Da kennt der örtliche Sicherheitsapparat keine Hemmungen und keine Gnade.

Er war erst mal in der Versenkung verschwunden und da ich wenig Lust auf einen Fortsetzung mit *Action Hans* verspürte, packte ich meine Sachen und zog erst mal ins Hotel am Westbahnhof. Da war wenigstens Ruhe!

Goodbye Hans!

Im Juni spielte ich als munter weiter und freute mich auf die Sommerproduktion…Doch zuvor zum Organisatorischen…Das Rössel wurde mangels Auslastung nicht in die nächste Spielzeit übernommen…50% sind einfach zu wenig. 98% dagegen schreien nach einer Übernahme…als wurde das Rössl zum Ende der Spielzeit abgespielt und die Comedian Harmonists gingen in die zweite Spielzeit, eben ein Zugpferd. Veränderungen waren angesagt das spürte ich auch als ich erfuhr da Annett nach drei Spielzeiten weiterzog. Sie suchte ein Theater wo sie sich weiterentwickeln konnte…am Volkstheater hatte sie alles mitgenommen.

An dieser Stelle muss man das mit der Legende und dem Mythos von Häusern wie dem Volkstheater auch mal relativieren.

*Sachverhalt:*

**Für einen echten Bühnenkünstler ist der Name erst mal egal, als Vollprofi arbeitet man dort wo man sich wohlfühlt und wo die besten Rahmenbedingungen sind.
Das kann auch in Warnemünde sein oder so. Annett entschied sich für Heidelberg. Ein neuer frischer Intendant war dort und stellte eine schlagkräftige Truppe zusammen du da konnte sie spielen…spielen…spielen, genau ihr Ding.**

Ich hingegen wollte bleiben und hatte einen Termin beim Direktor.
Dieser vertröstete mich auf die nächste Spielzeit da er mitten in den Verhandlungen sei und mein Vertrag ja noch bis 1. September ginge.
Also spielten wir das Rössel ab behielten die Harmonist und ich ging Ende Juni in die Sommerpause.

Ich freute mich auf ein anderes Rössel
das Pferd welches ich als Häuptling im
Schatz im Silbersee reiten werde…sie
ahnen es…es war…ein Schimmel.

Die Proben begannen und es wurde
warm sehr warm. Die Spielstätte ist ein
alter Steinbruch und dort ist es noch
heißer. Das hatte ich nicht bedacht, nun
ich war ja nicht alleine aus Wien
angereist, ich hatte Poldi mitgebracht der
auch mal Sommertheater spielen wollte.
Der Regisseur brauchte immer mal Leute
und später fand ich heraus
warum das so ist.

Doch dazu später.

Der Sommer war heiß sehr heiß du mein
Schimmel war dick, echt
dick…besonders rittig war er auch nicht
und der Ort den sie jetzt vielleicht schon
Navigiert haben, ist nicht Wien, auch
nicht nahe dran. Er liegt im nirgendwo,
das mussten wir dann feststellen als wir
zum ersten Probewochenende hinfuhren.

Vorher war uns das nicht so bewusst
aber nun wo wir dort über Nacht blieben
schon. Alles sehr rustikal, auf dem sehr
warmen Heuboden schlafen und in der
Hitze proben…mir kamen Zweifel auch
an meiner Rolle…Indianer…nicht so
mein Ding und so musste ich lernen das
ich nicht alles spielen kann.
Nur wo ich mich richtig herein versetzen
kann. Nun ja es war nicht so meine Rolle
musste ich feststellen.
Es war heiß, mein Schimmel war stur,
der Regisseur unfähig und meine Rolle
als Indianer Häuptling so was von
unpassend. Die Versicherung war auch
unzureichend und das bei der
Gefahr…was denken sich solche Leute?
Wie kann man so Theater machen…Nun
ja solange sie Darsteller finden die einen
Vertrag unterschreiben…das hatte ich
getan…was nun?
Es war eine Quälerei für Mensch und
Tier im wahrsten Sinne des Wortes.

Poldi und mir gefiel auch nicht die Atmosphäre, denn es handelte sich hier um ein sehr rustikales Ensemble, dass sehr viel feierte und sich allen Genüssen hin gab und ich meine wirklich allen. Das war echt nicht unser Ding…doch wie kam man nun aus der Hölle raus?
Nun ja ich probte ich musste Proben…stand ja im Vertrag.
Es gab aber eine Klausel die dem Verein es erlaubte meinen Vertrag aufzulösen, dann wenn ich meine Rolle
nicht erfüllte
Nun waren das ja eh Knebelverträge…also konnte ich auch tricksen und Poldi wollte keinen Ärger. Nun ja der muss ja auch nicht auf einen verrückten Schimmel, bei 45Grad im Schatten, wild durch den Steinbruch jagen und das alles ohne ausreichende Versicherung. Also meinte ich:

*„Du kannst ja einen heißen Sommer haben" aber ich bin etwas anderes Gewöhnt und hab das auch erwartet"*

Die Proben begannen und es wurde warm sehr warm.
Nun ja der Regisseur stellte sich als absolut unfähig heraus, ständig durch den Wind keine Disziplin, und ständig unter Strom…und ich kann das beurteilen…und das ganze drum herum war wohl eher etwas für den ausrichtenden Verein. Die hatten jedes Jahr ihren Spaß auf Kosten der Spieler, so empfand ich es jedenfalls. Poldi meinte weiter, er erfülle seinen Vertrag aber er würde mir nicht im Wege stehen. so ist er der alte Poldi, loyal nach allen Seiten. Also machte ich Proben nach Vorschrift, strengte mich nicht an und lies das weiße Ross gewähren, na ja alles im Rahmen.

Der durchgeknallte Regisseur wurde langsam wahnsinnig, na ja wenn das überhaupt noch geht.
Die Szenen saßen nicht und das weiße Pferd parierte ja auch nicht.

Seine Inszenierung sah er im Silbersee versinken…na so was (sic)

So kam es das er mich zu sich zitierte und meinte er wolle mich ersetzten und das ganze wäre ja nicht so unser Ding und verwies auf die Knebelklausel…nun ja ich tat erstaunt. Er wurde immer williger mich auszutauschen.

Er war am Haken. Ich wiedersprach kein einziges Mal bei seinen Ausführungen über sein Bauerntheater und das machte ihn so sicher. Er legte mir nahe das Ensemble zu verlassen. Auflösung ohne jegliche Forderungen von beiden Seiten.

Denn das wäre ja der Knackpunkt gewesen, wenn ich gesagt hätte ich möchte raus hätte ich laut Knebelvertag eine nicht unerhebliche Summe erstatten müssen. Ich nahm das Angebot an und fuhr noch am gleichen Tag zurück nach Wien. Schwitzend aber mit einem breiten Grinsen auf dem sonnenverbrannten Gesicht.

So hatte ich alle Zeit der Welt um
Creeps zu proben was der Inszenierung
auch sehr gut tat denn sie wurde ein
Erfolg, auch wenn es keine 9
wie Nelly war, eher eine 7.
Wie gesagt die 10 spare ich mir
noch auf!

Das Stück zog dann erfolgreich durch
die Bezirke.

Ich wohnte inzwischen auch in einer
Künstler WG in der Kandlgasse,
im 7. Bezirk. Gegenüber ein Swinger
Club und die hatten sogar
ungeschütztes WELAN, also der Club
(sic)

Im 7. Bezirk liegt ja auch das
Volkstheater und dort hatte ich Anfang
August einen Termin beim Direktor
wegen meines Vertrages. Der Direktor
hatte hart verhandelt mit dem
Stiftungsrat und keine positiven
Nachrichten zu berichten.

Er meinte er bekäme nicht die Mittel die er haben will und würde auch keinen neuen Vertrag als Direktor unterschreiben was für mich bedeuten würde dass er keine Stelle mehr für mich hatte. Er könne mir nur für die zwei Produktionen einen Gastvertrag geben und das Ensemble an sich würde sich ja dann nach den nächsten 2 Spielzeiten auflösen.

Ich war also nicht der einzige…Fast alle würden gehen, nach und nach. Nur Alex wohl nicht denn den hatten wir ja zum Betriebsrat gewählt. Er hatte es auch verdient unter guten Bedingungen zu arbeiten, ich habe ihn sehr schätzen gelernt. Nun ja also hatte ich für die kommende Saison immerhin noch einen Gastvertrag aber nichts Festes.

Die Comedian Harmonist lief noch die ganze Spielzeit bis Ende 2013/14. Zwei Jahre Laufzeit hatten wir erreicht mit einen Auslastung von 98%!

Wenn das kein Erfolg ist dann weiß ich
nicht was ein Erfolg ist.

An Sylvester 2013 spielten wir es auch,
da natürlich ausverkauft, über 1000
Zuschauer. Alex und ich witzelten
immer darüber als man uns fragte was
wie an Sylvester so machen?

Unsere Antwort:

*„Wir gehen ins Volkstheater!*
*Wir haben sogar Backstage Karten…!"*

Nun danach und nach der Feier auf dem
Balkon des Volkstheaters, bin ich am 1.
Jänner 2014 um 5 Uhr zum
Westbahnhof gefahren.

Von dort aus nach Salzburg und von
Salzburg nach München,
von München nach Nürnberg
und von Nürnberg nach Würzburg
und von Würzburg nach Aschaffenburg
und von Aschaffenburg nach Wiesbaden.

Dort blieb ich bis Mitte Januar blieb.
Es war eine lange Fahrt und sie kam mir
sehr weit vor sowie
der weite Weg nach Wien
den ich einst gegangen bin.

Zurück ging es schneller, der ICE bis
Wien West braucht 7 Stunden.
Ich sollte noch bis Ende der Spielzeit bis
Juni 2014 ein Bürger von Wien bleiben.
Das Schicksal sollte mich
weiterschicken, buchstäblich bis ans
Ende dieser Welt
Doch das ist einen andere Geschichte.

***Ich kannte ja den Weg,
ich war ihn gegangen und
wusste nun das es einen Ort
gibt wo ich immer hin kann,
der auf mich wartet.
Wo ich so eindrucksvolle
Erlebnisse hatte die mich
geprägt haben.***

**Dort wo ich Menschen kennenlernen durfte die ich immer wieder gerne treffe.**

**Wien wartet auf dich.**

„Irgendwo auf der Welt
Gibt's ein kleines bißchen Glück,

Und ich träum' davon in jedem Augenblick.

Irgendwo auf der Welt Fängt mein Weg zum Himmel an;
Irgendwo, irgendwie, Irgendwann.

Ich hab' so Sehnsucht,

Ich träum' so oft; Einst wird das Glück mir nah sein.

Ich hab' so Sehnsucht,

Ich hab' gehofft, Bald wird die Stunde da sein. Tage und Nächte Wart' ich darauf: Ich geb' die Hoffnung niemals auf.

*Irgendwo auf der Welt Gibt's ein kleines bißchen Glück,*

*Und ich träum' davon in jedem Augenblick.*

*Irgendwo auf der Welt
Gibt's ein bißchen Seligkeit,*

*Und ich träum' davon schon lange lange Zeit.*

*Wenn ich wüßt', wo das ist,
ging' ich in die Welt hinein,*

*Denn ich möcht' einmal recht,
So von Herzen glücklich sein.*

*Irgendwo auf der Welt
Gibt's ein bißchen Seligkeit,*

*Und ich träum' davon schon lange lange Zeit...*

*Wenn ich wüßt', wo das ist,
ging' ich in die Welt hinein,*

*denn ich möchte einmal Recht so von Herzen glücklich sein.*

In diesem Sinne, wünsche ich einen wunderschönen Abend und noch eine wunder schönere Nacht...
...und verlauft euch nicht...
Bis demnächst in diesem Theater!

<u>Euer Christian</u>

*Iirgendwo auf der Welt
fängt mein Weg zum Himmel an;*

*Irgendwo, irgendwie, Irgendwann,*
***Irgendwo, irgendwie, irgendwann"***

***(Die Comedian Harmonist)***

# Novelle2
## *Der weite Weg nach Wien*
*Eine Künstlernovelle*
von
Christopher Diehl

C und P Christopher Diehl 2016

Alle Rechte vorbehalten

## *I.M.*
## Alexander Lhotzky
**Volksschauspieler**
*1959-2016*

Mach es gut mein Freund,
ich habe viel von dir gelernt.
Wir sehen uns dann,
im nächsten Leben…!
Oder im Theaterhimmel…!
Wie auch immer,
oder woran man halt so glaubt!
Servus Alex!

Herstellung und Verlag:
BoD - Books on Demand, Norderstedt
ISBN 978-3-7431-1408-1